Franziska König

Bin ich gut, Doris?

Roman eines Monats

Einschlaflektüre für meinen lieben Onkel Hartmut

© April 2025 von Franziska König
Cover: Zeichnung von Iwan König:
„Mireille"
Covergestaltung: Franziska König & Agentur Baumfalk Aurich
Verlag: BoD · Books on Demand GmbH, Überseering 33,
22297 Hamburg, bod@bod.de
Druck: Libri Plureos GmbH, Friedensallee 273, 22763 Hamburg
ISBN: 978-3-8192-4455-1

Franziska (Kika) im Jahre 2004
mit ihrer geliebten Violine

Aus dem Leben einer Geigerin

Die meisten Vorkömmlinge
finden sich im Personenverzeichnis
am Ende des Buches

Hier die Familie vorweg:

Buz (Wolfram), unser Papa (*1938) Professor für
Violine an der Musikhochschule in Trossingen
Rehlein (Erika), unsere Mutter (*1939)
Ming (Iwan), mein Bruder (*1964)
Julchen, Mings neue Liebe (*1983)

Ein Buch ohne Vorwort.
Du kannst gleich anfangen zu lesen…

Januar 2004

Donnerstag, 1. Januar
Grebenstein - Altenau im Harz

Kalt und ein wenig neblig

Omi Cionczyk stand am Fenster. Sie ist schon alt und immer traurig, wenn jemand geht. Versonnen und an einen ratlosen Emu erinnernd stand sie da, und ihre winkende pergamentene Hand erinnerte an ein welkes Blatt im Winde.

Ich befand mich auf dem Weg zur Familie Wies am Ende der Straße, um mich zu verabschieden, denn das neue Jahr sollte für mich mit einer Harzreise beginnen.

Auf neckische Weise betupfte ich den Klingel-knopf, und auf Hessenart bat mich Mutti Wies ohne großes Federlesen in die Stube. Ja, da fackeln die

Hessen, ganz im Gegensatz zu den Schwaben, die einen unangemeldeten Gast mit einem irritierten Blick zu empfangen pflegen, nicht lange: Wer kommt ist willkommen, egal wer und wann. Selbst wenn er sich in der Tür geirrt haben sollte, stellt man augenblicklich auf Gastesfröhe um. Was immer man gegen die Hessen sagen kann, von denen sich so manch einer gerne einen trocken-rustikalen Anstrich gibt - hilfsbereit, ja hilfs*wütig* sindse, auch wenn man auf den ersten Blick zu denken geneigt ist: „Schon wieder jemand, der das Herz nicht eben auf der Zunge trägt!"

Gerührt über meine eigenen Gedanken betrat ich die Stube.

Der ohnehin etwas dunkle Raum mit den vielen Hirschgeweihen an der Wand, wurde von einem üppigst geschmückten Weihnachtsbaum dominiert. Geschmückt in Gold und Silber, und darunter stand eine riesengroße Flasche Jägermeister, die ein Vermögen gekostet haben muss. Ein Scherzgeschenk für den Jägermeister Herrn Wies.

Frau Wies, Omas ehemalige Helferin, ist eine äußerst plaudersame Dame. Kaum ist man da, zündet sie sich auch schon eine Zigarette an, und egal, in welcher Tätigkeit sie zuvor gesteckt haben mag, schaltet sie augenblicklich von Kopf bis Fuß auf Gemütlichkeit um.

An ihrem Geburtstag, so erzählte Frau Wies, habe bloß ich und die Tante Uta angerufen. Der Onkel Eberhard, der ansonsten immer so treu ist, hatte es vergessen. Da habe sie schon ein wenig schlucken müssen. Er rief dann allerdings an Weihnachten aus Frankreich an, und war sehr lieb.

Früher, als Frau Wies noch ein kleines Kind war, pflegte ihre Mutti über die Geburtstagsgeschenke zu sagen: „Das ist jetzt für Geburtstag und Weihnachten zusammen!" da zwischen diesen beiden Festen damals wie heute nur wenige Tage lagen.

Frau Wies pflegt hochinteressante Psychologate über gemeinsame Bekannte von sich zu geben; oftmals mit fauchigem Beiklang in der Stimme, und ich lausche ihr solcherart gebannt, als ertöne eine nie gehörte Symphonie. „Das <u>muss</u> ich nachher ins Tagebuch schreiben", nehme ich mir vor, und halte mein Gedächtnis mit beiden Händen fest, auf daß ihm nichts entweiche. Doch wenn ich das Gemerkte dann niederschreibe, schmilzt die Substanz rasch zusammen, und man muss sich eingestehen, dass es lediglich der fauchige Beiklang war, der den Lauschenden derart elektrisiert hat. Auch hier gilt: „Der Ton macht die Musik!"

Auf die Reise freute ich mich sehr, da die Straßen wie leer gefegt waren. Nach einer Stunde saß ich im Rasthof Seesen, aß Penne Arrabiata, und stellte mir vor, es sei eine kostbare Gabe von der Armenspeisung.

Die Memorien von Boris Becker, obzwar von berufenen Lippen als seichte Lektüre verunglimpft, bannten mich. Erstens, weil Ming sie mir so nett geschenkt hat, und zweitens, weil mir der Boris so vertraut ist, wie Ming oder der Friedel. Er fühlt sich an, wie ein Vetter ersten Grades. Mir mit diesem Buch geht es da ein wenig so, wie einst Rehlein mit ihrer Bach Sonate, bei der sie immer das Gefühl hatte, Bach hätte dieses Werk einzig und allein nur für sie geschrieben. Und ich hatte nun das Gefühl, der Boris habe seine Memorien nur für mich geschrieben, weil es den Anderen leider nicht vergönnt ist, etwas anderes als seichte Lektüre darin zu erkennen.

Eine ganz entzückende asiatische Bedienerin, die sich für das neue Jahr vielleicht vorgenommen hatte, ihren Job mit vollem Herzen auszuüben, sagte so freundlich zu allen Kunden „Gute Leise!"

Die Reise dauerte mit einem kurzen Herumgesuche in Altenau auf die Sekunde genau zwei Stunden. Bald schon fand ich das leblos wirkende Hotel „Zur alten Aue"; ein plumpes Gebäude mit Milchglasscheiben, und als ich dem Auto entstieg, war es draußen leider arscheskalt.

Ein Rezeptionsfräulein stimmte mich feinfühlig darauf ein, daß das Zimmer leider hässlich sei.

Zunächst aber besuchte ich das hauseigene Lokal in seinem Hirschgeweihambiente. Es gab ein Angebot zum Jubelpreis: Ein Kännchen Kaffee und einen Apfelkuchen mit Sahne, doch das Einzige, das mir daran gefiel, war die wirklich schön glänzende Sahne. Der Kuchen war kühlschrankskalt, und der Kaffee schmeckte einzigartig scheußlich.

Wieder stellte ich mir vor, *der 98-jährige Opa Gerhard säße dabei und würde,* wie einst die Oma Mobbl, die

sich dem Alter nicht hingegeben hat, *wie selbst-*
verständlich immer alles mitmachen, da er es sich - im
Gnadenalter steckend - in seiner Narrenfreiheit gemütlich
gemacht hat.

„Schmeckt´s, Opa Gerhard?" frug ich ins Leere
hinein.

„Biddö??"

Ich wiederholte die Frage, und gab mir die
Antwort gleich selber: „Ich habe bis jetzt nur bessere
Apfelküchen gegessen!" (Etwas krächzelig im Klang,
mit der Stimme eines 98-Jährigen ge-sprochen)

Schließlich begab ich mich zur Kirche und freun-
dete mich mit Pastor Calla, zirka 39 bis 41 Jahre
jung, auch gleich an, indem wir beide sehr nett und
höflich zueinander waren. Ich, weil´s mir leicht
peinlich war, er könne vielleicht denken, ich sei spitz
aufs Geld, (meine Sekretärin, Frau Münch, hatte
fünfzig €uro extra ausgehandelt) und er, weil es ihm
vielleicht peinlich ist, ich könne denken *er* sei scharf
aufs Geld, weil er auf die bescheidene Aushandlung
so knickrig und zurückhaltend reagiert habe. Frau
Münch hatte auf den Zettel geschrieben, daß der
Pastor zwar nett, aber letztendlich doch eher
unverbindlich sei, so daß ich mich beim lesen dieser
Worte ein bißchen einsam gefühlt hatte.

Na, diese trübe Charakterisierung konnte ich nun
nicht feststellen, und die Pastorengattin Silke (zirke
38 Jahre alt), die ich wenig später kennenlernte, fand
ich sogar ganz besonders nett. Eine genmanipulierte
Frau Menzel (Onkel Hambums Schwiegerklavier-
lehrerin, wenn man so will). Genmanipuliert, indem

sie nämlich nett ist, während Frau Menzel selber sich in der Rolle der ultra-trockenen Frau zu gefallen scheint.

Frau Calla aber bereitete uns gleich einen Tee zu, und servierte hierzu unglaublich viele Kekse, auch wenn es leider Dosenkekse waren. (Dänische Butterkekse)

Der Gemeinderaum, wo all dies serviert wurde, lag im zweiten Stock und wirkte etwas kahl und ungepflegt. Auf dem Tisch lag eine Gitarre, auf der gelegentlich gar die Pfarrgattin Frau Calla herumzupft, dieweil sie nämlich Kindergottesdienste zu gestalten pflegt, um für Fromme von morgen zu sorgen. (Ein kleiner Reim)

Dann begann´s.

Erstmals konzertierte ich mit meiner neuen Frisur. Die schöne Kirche mit dem großen leuchtenden Weihnachtsbaum war ganz gut besucht: Zirka 60 Hörfreudige hatten sich herbeibemüht, und manchmal schwatzte ein Kleinkind laut.

Theoretisch hätte Pfarrer Henze kommen können, dieweil der geschiedene und somit einsame Geistliche doch vielleicht ohnehin eine neue Frau sucht? Und eine Frau, die sich auch noch auf das Violinspiel versteht, wäre doch nun wirklich ein Traum!

Die Schmach, geschieden zu sein, lastet auf einer Pfarrseele unerhört schwer.

Er hätte sagen können: „Frau König, darf ich Sie in „unsere" gemütliche Stammpizzeria entführen?" Ich hätte mich mit ihm, der mit seinen abstehenden Restvegetationen auf einer seidenmatten Glatze, der

Hornbrille und dem umständlichen Wesen, für Ming als Bruder wohl etwas „gewöhnungsbedürftig" wirken würde, anfreunden können, doch der Geistliche kam nicht.

Heute spielte ich ausgezeichnet: Bachs a-moll Sonate, Ysayes vierte, und schließlich Bachs d-moll Partita. Dann war´s vorbei und mehrere Leute sprachen mich an: Frau Calla war so begeistert von mir, doch die anderen schienen zum Teil etwas unbeholfen, da man allgemein gar nicht weiß, was man zu einem sogenannten E-Musiker überhaupt sagen soll? Einige wollten wissen, ob mir nicht kalt war, eine andere Frau wunderte sich, daß ich ohne Schulterstütze spiele, und ein ernster Herr mit grauem Maulkorbbart, der sich beeindruckt zeigte, konnte sich leider nicht gescheit mitteilen und sagte etwas solcherart, daß Bach „schwere Kost" sei. Dies sagte er jedoch, ohne es so zu meinen. Es sollte lediglich besagen, daß die meisten Bewohner sich vor einer solch erdrückenden Kultur gerne ducken.

„Wie kommen Sie in so ein Nest?" erkundigte er sich mit dem interessierten Ausdruck eines Arztes, der einen neuen Patienten nach seinen Beschwerden befragt, und ich scherzte: „Wie sprechen Sie von diesem Ort?" und „Wie kommen Sie darauf, daß Bach schwere Kost sein soll? Ist das ein Zitat? Nichts lag dem großen Genius ferner, als „schwere Kost" zu schreiben!"

Frau Calla fand mich so begeisternd, daß es sie vielleicht gereut hat, ein eventuelles Übernachtungsgesuch von Frau Münch abgeschmettert zu haben?

Ich fuhr durch die leicht gefrorene Dunkelheit zum Hotel. Pfarrer Calla hatte die Kollekte einfach halbiert und statt der vereinbarten 200€ 130€ auf den spärlichen Halbierungsrest draufgepeppt. Durch große herzliche Jovialitesse versuchte er diese kleine Kürzung zu übertünchen.

Leider gab´s am Hotel keinen Parkplatz, so daß ich mein Auto in eine offene Garage hineinstellte. Und dann gab´s in der beißenden Neujahrskälte nicht einmal eine Klingel! So suchte ich das warm beleuchtete Lokal daneben auf und freute mich sehr, weil´s dort nämlich richtig schön kuschelig warm war.

Dort verspeiste ich eine Käseplatte, doch ein bißchen zu früh hatte ich mich doch gefreut, denn es hieß, mein Hotel befände sich in einem Nachbarsdorf. Der Herbergsvati fuhr vor mir her, um mir den Weg zu weisen.

Jetzt wohne ich in einem Zimmer, wo man von der Straße aus, direkt hereinschauen kann. Man blickt auf ein Fräulein drauf, daß im Schein der Lampe leicht gekrümmt in sein Tagebuch schreibt.

Ich versuchte fröhlich zu sein, und tatsächlich fühlte ich mich manchmal viel fröher an als früher. Das Hotelzimmer schien mir preiswert und gemütlich. Nur der silberne 60er Jahre Fernseher funktionierte leider nicht mehr. Die Fenster, so nah an der eiskristallig gefrorenen schlanken Straße, das Doppelbett kuschelig, und das Wunderbare war, daß ich mich in diesem Zimmer, wo hinzu ein wohlgeheiztes Badezimmer auf mich wartete - eine

Wohltat, wenn man aus der Kälte kam - überhaupt
nicht einsam fühle.

Freitag, 2. Januar
Altenau - Wildemann - Aurich

Verhaucht, blass und sehr kalt.
Allerdings leuchtete die untergehende Sonne
nach Art eines güldenen Dotters,
so daß ich beim Autofahren
ständig den Kopf dorthin biegen musste,
um nichts von diesem Zauber zu verpassen

Am Morgen freute ich mich sehr auf das
Frühstück vor, und es wurde auch richtig schön, da
der holzvertäfelte rustikale Raum noch immer
weihnachtlich geschmückt war. Sogar ein nagelneues
Motorrad, um das herum die ganzen noch
unausgepackten Geschenke verstreut waren, konnte
man bestaunen.

Hernach räumte ich mein Zimmer besenrein,
obwohl ich doch mit dem Gedanken gespielt hatte,
eine mehrtägige Kur im Harz einlegen. Ich hatte
meinen kleinen neuen Wohnort liebgewonnen. Mein
Auto, das ich jetzt bepackte, war leider so eng
eingeparkt worden - sowohl von rechts, als auch von
links, daß ich vor der Ausparkung einen großen

Bammel verspürte, zumal man rückwärts den Berg hinauffahren mußte.

Zunächst fuhr ich nach Wildemann, und zwei Kilometer zuvor rang ich von einem Geröllparkplatz aus Hilda und Martin* an. Mein E-Notizbuch arbeitete kältebedingt nur noch sehr langsam, so daß ich fast gar nicht hätte anrufen können.

*Mein Großvetter und seine Frau

„Hallihallo?" sagte die Hilda multipel, da sie mich nicht hörte. Dann hörte sie mich aber doch.

Die Hilda, eine nicht mehr ganz junge Dame („Er hat unbewusst die Mutter geheiratet!") ist von frischem und unkompliziertem Wesen. Ja, man sei auf mich eingestimmt und freue sich bereits sehr auf den Besuch.

Ich parkte am „Wilden Mann".

„Wer falsch parkt, den holt der wilde Mann!" stand da furchteinflößend auf einem Schild zu lesen, und ich stellte mit vor, wie die Mitarbeiter der Stadt über diesen lustigen Scherz gelacht haben!

Freudig, bang und frierend lief ich geschwind zur Villa der jungen Leute. Einem leicht herunter-gekommenen Haus mit dem Namen „Villa Kunter-bunt". Henning, der 32-jährige Sohn von der Hilda hat einst die lustigen bunten Buchstaben vor dem Hause angebracht, und Mutti Hilda fand diese Idee köstlich. Eine ganz steile Treppe führte hinan, und oben begrüßte ich die Dame des Hauses mit einer Umarmung und bewunderte die Wohnung, wo es - grad wie bei uns Königs - so viel zu sehen gab. Auf einem Konzertplakat sah man den weißhaarigen Günther Borchert, den Exmann von der Hilda, seines Zeichen Jazzpianist von Beruf, der sogar schon mal in China konzertiert hat, so daß sein Name, mit chinesischen Buchstaben geschrieben, auf einem Plakat zu lesen war. (Gön tör Boa ha tö)

Der Martin hatte sich kurz unter die Dusche verzupft, und als er wieder hervortrat, begrüßte er mich so unglaublich herzlich und erfreut.

Zum Tee holte ich extra Rehleins Gutsles herbei, damit die jungen Leute (ich schreibe einfach „die jungen Leute" obwohl die doch älter sind als ich! Führt da am Ende gar die Tante Irma meinen Stift?) eine Freude haben. Die Hilda ist äußerst lebhaft und erzählt viel, und der Martin ist ganz ruhig und still, doch er lacht fröhlich zu den Scherzen, die man in die angenehme Stille, die von ihm ausgeht, hineinzündet. Ein Buch von Lermontov, ein Weihnachtsgeschenk, und ich fand, daß der früh verstorbene Dichter auf dem Bilde genau ausschaute wie Martins Bruder Frank, über den wir soeben sprachen. Direkt unterhalten über den Frank kann man sich allerdings nicht; man ist auf Vermutungen angewiesen, da man ihn nie sieht, und nur ein gerahmtes Foto in der Stube von der Tante Irma erinnert daran, daß es ihn überhaupt gibt.

Sogar unsere Virtuosen-CD hat die Tante Irma den jungen Leuten zu Weihnachten geschenkt, doch noch war die Folie nicht abgezupft worden. Jungfräulich ungenutzt lag die schöne CD auf dem

Gabentisch. Nicht genug damit: Die jungen Leute wussten noch nicht einmal, ob sie die schon haben! *Das scheint ja wirklich ein Geschenk, das ankommt!* dachte ich mir. Laut sagte ich jedoch, daß sie das dann doch wohl weiterschenken könnten, und fand den Gedanken lustig, daß unsere CD vielleicht als ungenutztes Weihnachtsgeschenk die Runde macht, wie der Gedichtband eines älteren Herrn.

Mittags aßen wir im „Wilden Mann".

Wir nahmen an einem kleinen Tischlein im Wintergarten Platz, doch das Essen, das wir uns bestellt hatten, schmeckte leider langweilig. Tiefkühlgemüse mit einer klebrigen Pulverkäse-Soße. Und doch hatte man sich auf der Menükarte schamlos damit gebrüstet: „Herzhafter Gemüse-auflauf." Na, wenigstens waren die beiden anderen zufrieden: Der Martin aß bescheiden eine kleine Forelle, und die Hilda zwei Spiegeleier. Alle naslang frug uns das Servierfräulein, ob´s wohl in Ordnung sei, und ob wir vielleicht noch etwas wünschten?

Draußen tänzelten ganz kleine Schneeflöckchen und die Hilda sagte mal so süß über ihr Alter: „Manchmal finde ich es doof, daß ich schon so alt bin!" Der Henning, ihr einziger Sohn - Anästhesist in Clausthal-Zellerfeld - hatte sich mit *ihrer* Freundin Sabine liiert, und die Sabine hat doch bereits einen zwölfjährigen Sohn!

Die Hilda bereut es schrecklich, daß sie nur *ein* Kind hat, doch ihr Mann wollte einfach kein weiteres mehr. Jetzt möchte sie wenigstens ein Enkelkind, doch die Sabine ist doch viel zu alt! (51!)

Schließlich verabschiedete ich mich und fuhr heim nach Aurich.

Bald schon gönnte ich mir eine Rast im Rasthof Allertal, doch der nicht unsympathische Rasthof war so entsetzlich überlaufen. Ich geriet in einen sich zum Häusl zwängenden Menschenstrom und zwei Frauen sagten sich ein paar Geistlosigkeiten: „Ich wollte hier vorbei!" „Andere wollen auch vorbei!" Ich schaute auf die zuendegepullert habenden und somit wieder herbeiquellenden Leute, und malte mir aus, es wären die Nämlichen, mit denen man sich nach einer Heiratsannonce verabredet hat, und die einem nun erstmals in Natura entgegentreten. Doch alle Leute sahen leider hässlich aus, so daß man im Ernstfall erstmal einen Schrecken bekäme.

Die zweite Rast legte ich bei Dunkelheit im Rasthof Hasbruch ein. Das Raststätteninnere wurde mit den Nachrichten beschallt: Derzeit lebt man in Terrorangst, da es beständig Hinweise von der Sicherheitspolizei gibt, welches Gelände man wohl besonders bewachen solle. Doch es geschieht gar nichts. Ein Politiker schob sogar einem anderen den schwarzen Peter zu, indem er ihn beschuldigte, geschwätzig und wichtigtuerisch agiert zu haben, und der Beschuldigte fand diese Beschuldigung ungeheuerlich! Viele Terrorwarnungen sind irrtümlich entstanden, weil Passagiere auf der Passagierliste oft ähnliche Namen tragen wie die Terroristen auf der Fahndungsliste.

„Ein *Kind* geriet ins Visier!" sagte die Sprecherin. „Jetzt sagt sie so was Lustiges, und trägt´s in bürokratisch-steifem Tonfall vor!" dachte ich noch.

In bibbriger Kälte traf ich zuhause ein.

Herr Berke - unser wahrer Freund - hatte so nett die Heizungen angestellt, und sogar das Willkommenslicht eingeschaltet.

Samstag, 3. Januar

Zart, angenehm, weißwölkig und klar

Sagenhaft in Buzens Bett genächtigt. Im Traum *erzählte ich dem Franz, Buzens treuestem Jünger und unserem „heiligen Petrus", daß ich viel lieber Konzerte mit Klavierbegleitung gäbe. Den Franz versetzten diese Worte einer Dame in eine leicht lippenschürzelige und stirnrunzlerische Stimmungslage. Er erzählte, daß er einst ein Duo-Konzert, und einmal eines mit Orchesterbegleitung gehört habe, und jedesmal sei er enttäuscht worden. Ich wurde nicht schlau draus, ob er wohl meine Konzerte meint?*

Dann wandelte ich in meinem schönen chinesischen Konzertkleid (dunkelpurpurn) und einem warmen Mantel drüber durch hohen Schnee zu einem prächtigen Konzertsaalgebäude (erinnernd an das so elegant verglaste Lincoln-Center in New York), um mir ein Konzert des Ostfriesischen Kammer-

orchesters anzuhören. Doch da eilte mir Buz hinterher und erklärte atemlos, daß mein Konzert heut - und nicht, wie er vorhin irrtümlich gemeint hatte - morgen sei. Das Publikum säße schon da! Schnell! Ich solle mich sputen.

Da tönte der Wecker.

Derzeit geht es mir gut und schlecht in einem: Gut, weil es hier gemütlich ist, und unser Heim durch den Anbau sagenhaft an Aura gewonnen hat, und schlecht, weil ich Angst habe, alt, dick und hässlich zu werden, ohne daß es irgendeine Möglichkeit gäbe, dem entgegenzuwirken; und mein Energiepegel zudem, bedingt durch den menschlichen Auramangel, drastisch in die Tiefe gesunken ist. Mein Auratank scheint leer. Man möchte ganz viel bewegen, und schafft gar nichts.

Auf der Treppe liegt derzeit ganz viel Post, die ich noch nicht einmal angeknabbert habe. Beispielsweise Weihnachtspost von Leuten, die einen nicht sooo interessieren. Von Bekannten, die Jahr für Jahr wörtlich genau den selben Unsinn zusammenschreiben („wir faulenzten am Pool"), während jene, die man nun von Jahr zu Jahr weniger liebt, ganz typischerweise...ach, man mag die Sätze schon gar nicht mehr zuende schreiben. Rührend fand ich allerdings, daß mir Frau Max aus Goslar einfach so ein Brieflein geschrieben hat. Frau Max ist schon so alt, daß man gar nicht weiß, ob es sich noch lohnt, einen Brief an sie zu beginnen, doch nun hatte die knochige alte Dame mit der grauen Türmungsfrisur das Fädchen zu unserer Freundschaft ganz selbstverständlich in die Hand genommen, und ich bin auch froh, daß heut im Rahmen eines wirren und nicht sehr zielstrebigen Ausloseverfahrens sogar ein sehr netter Brief an sie zuende geschrieben wurde. Ich schrieb, daß ich schon längst geantwortet hätte, wenn ich nicht von der Ungewissheit gepeinigt worden wäre, ob ich lieber „Du" oder „Sie" schreiben solle. Frau Max ist, wie ich weiß, in dieser Hinsicht äußerst lose und unkompliziert. Sie duzt sich mit allen, und findet die förmlich-steife Siezerei einfach lächerlich. Wir sind doch alle Nachfahren von Adam und Eva! Nach höflichem Beginn schwenkte somit auch ich dann mitten im Briefgeschehen zum Du über.

Meine Fernsehstunde konnte ich dann nicht sehr genießen. Genaugenommen schaue ich immer nur eine Kaffeetassenlänge kurz. Am liebsten schaue ich mir „Fälle aus dem Leben" in SAT1 an.

Grad so wie in Taiwan tragen fast alle Kinder, die heutzutage geboren werden, einen amerikanischen Namen. Eine 23-jährige Variante von der Tante Christa (vom Onkel Dölein), verheiratet mit einem Mann, der bereits ein Jahr lang auf Montage in Griechenland war, wurde zum dritten Male Mutter: Sällivän (Sullivan); und ihre beiden Töchter heißen Kimberly und Elaine.

Ich radelte zum Supermarkt, und beim Radeln fühlte ich mein welkes Hüftblatt. Auch wenn es (noch) nicht weh tat, so spürte man doch die beginnende Abnutzung, so daß davon auszugehen ist, daß ich spätestens in zwanzig Jahren eine neue Hüfte brauche.

Nachtrag 2025: Hab noch immer meine alte....

In den Gängen des Supermarkts dachte ich, daß es sich eigentlich so anfühlt, als *hätte* ich bereits eine neue Hüfte. Ich fühlte mich nämlich wie nach einer zu 98% gelungenen Operation. („Es fühlt sich *fast* so an wie früher!")

Meine brave Schülerin Alexandra hatte ihr Kommen angekündigt, und ich nahm mir vor, den Unterricht ganz schön und kunstvoll zu gestalten. Um 15 Uhr kam sie wie alle Tage mit ihrer etwa 41-jährigen Mutti. Ich hatte mir so nett ausgedacht, daß ich Alexandras lebensfroher Mutti hier derweil eine einzigartige Caféhausatmosphäre bieten könnte, auch wenn man sagen muss, daß man ein Caféhaus, das seine Gäste mit schülerhaftem Violinspiel beschallen lässt, ersteinmal kennenlernen möchte. Doch die lebensfrohe Frau wollte sich in der schönen Dämmerstunde lieber shoppoholisch betätigen.

Heute stand Prokofieffs völkerverbindende Solo-sonate auf dem Programm. Diesmal vertrat ich eine These von Daniel Barenboim: Daß man Musik und Technik nicht trennen sollte, und wählte einen pädagogischen Weg, der mir vielleicht gut läge? Phrase um Phrase zu polieren. Doch einmal fiel mir meine Neigung auf, mitten in einen pädagogischen Satz - und dies, noch bevor die pädagogische Grundbotschaft gefallen war - einen Hasenhaken zu schlagen, indem ich einfach eine ganz andere pädagogische Idee an einen Seitenzweig hänge, der sich einfach so gebildet hat. Erschüttert von dieser unschönen Erkenntnis zwang ich mich nun, einen Gedanken zuende zu formulieren.

Anhand der ersten drei Akkorde, die leider je etwas staksig und schülerhaft ausfielen, bemühte ich Gleichnisse aus dem Tennisspiel: Rückhand voll durch! Der Unterricht war nett, und doch war möglicherweise von meiner Seite her zu viel Geschwafel dabei?

Im vergangenen Jahr schaffte es die damals 14-jährige Alexandra als Blockflötistin bis zum Bundeswettbewerb bei Jugend Musiziert. Doch diesmal möchte sich die Familie das Wettbewerbsgeschehen nur von außen anhören, zumal die Alexandra jetzt einen Platz im frisch gegründeten Ostfriesischen Symphonie Orchester hat. Am nächsten Sonntag soll dort den ganzen Tag lang geprobt werden!

Ich durfte Rehleins E-Mails lesen:

Der Onkel Andi schrieb so bezaubernd, daß sie heuer zum erstenmal ohne Enkel und nur mit Hund gefeiert haben. Es sei weniger anstrengend, aber dafür nicht ganz so schön gewesen, denn leuchtende Hundeaugen ersetzen keine leuchtenden Kinderaugen, und man konnte das Anderle förmlich vor sich sehen, wie er diesen lustigen Satz freudig formuliert hat.

Auch die Familie Nemecs aus Lingen hatten sich an mich erinnert. In freudiger Erwartung öffnete ich das Kuvert, doch leider handelte es sich nur um simple Neujahrswünsche. Und dennoch begann ich am Abend hochkonzentriert einen Brief an die Nemecs zu schreiben. Ohne Ziel und Plan schrieb ich drauf los. Zum Spaß - denn man könnte die Zeilen ja jederzeit ein wenig abändern - schrieb ich im Stile einer Seniorin vom alten Schlage: „Lara wird ja nun bald eine junge Dame, nach der sich die ersten Herren umdrehen, und niemand weiß, wie sich all dies auf ihr Violinspiel auswirken wird." ← (im Grunde dummes Zeug!)

Hie und da zerriss das aufdringliche Schrillen des Telefons die sanfte Stille, die sich um das zarte Gekritzel meines auf dem Papier tänzelnden Füllers gebildet hatte.

Der niederländische Komponist Herr Stoppelenborg hatten sich auf uns besonnen: Er rief an, um mit seinem Spezi Buz frühzeitig ins Geschäft zu kommen. Er nannte mich „Kika". Man sollte sich geschmeichelt fühlen, und doch denkt im Stile von Buzens anderem Spezi Yossi, indem man denkt: „Das sagt er nur so! In Wirklichkeit bedeutet man diesem Menschen nichts."

Am Abend rief meine treue Mama aus Ofenbach an. Kehlein war so warm und sagte: „Jetzt hab ich's wieder, was ich dir erzähen wollte..." Gestern habe Ming für Buzens geplantes Buch ganz viele Fingertechnikfotos geschossen. Da fragte ich mich, was wohl mit dem Aktenkoffer voller Fotos geworden ist, wofür ich mal in der Volkshochschule als geigerisches Pinupgirl hab herhalten müssen?

Rehlein freute sich so, daß Ming die Zügel in die Hand genommen hat, denn Buz sagt immer nur vage, daß er nach Taiwan reist, um den Film dort mit den vielen geschickten chinesischen Studenten zu drehen. Ming jedoch meinte, daß der Friedel diesen Film doch wohl genausogut auf die Schnelle drehen könne?

Sogar Herrn Berke rief ich in Rehleins Namen an, da er wieder so einen wunderschön verpackten Weihnachtsrundbrief geschickt hatte. Scheinbar für seinen großen Bekanntenkreis, in Wirklichkeit jedoch nur für Rehlein - die Liebe seines Lebens!

Zwei weitere male loste ich aus, zu telefonieren. Doch ist´s endlich mal so weit, so fällt einem niemand ein, den man anrufen könnte. Genau genommen fällt einem niemand ein, auf den man Appetit verspürt. Und während man am Telefontropf hängt, denkt man auch alsbald, daß dies wohl keine so dolle Idee gewesen ist.

Ich klapperte mein E-Notizbücherl ab, und viele, die man vielleicht hätte anrufen können, übersprang ich einfach. Dann sprach ich aber sehr lange mit dem Alfonse, einem Künstler in Freiburg: Ich erfuhr, daß es um seine Gesundheit schlecht bestellt sei. Im Sommer bekam er eine Lungenembolie und *starb.* ← (hätte ich fast schreiben können) eine Trombose. Drum muß er jetzt immer einen Stützstrumpf tragen, der sich so schwer auf- und fast genauso schwer wieder abpellen lässt. (Zum aufrollen braucht er etwa 35 Minuten, zum abpellen 32). Der Tod hat ihn ins

Visier genommen, lässt ihn jedoch lustvoll und boshaft noch eine Weile zappeln. Sein Papi wurde 85 und seine Mutti starb kurz vor ihrem 70. Geburtstag. Doch er weiß nicht, an was, da er in Afrika war, als das Unfassbare geschah. Als er wieder heimgekehrt war, ging's ihm in gewissem Sinne so wie einst Johann Sebastian Bach: Kurz und lapidar wurde er darüber in Kenntnis gesetzt, daß die alte Dame verstorben und bereits begraben sei.

„Um Himmels Willen! An was ist sie denn gestorben?"

„Das tut doch jetzt nichts mehr zur Sache!"

Zum Schluß plauderte ich noch mit der Tante Irma, und auch wenn es heißt, der Schleswig-Holsteiner trüge sein Herz nicht unbedingt auf der Zunge, so zeigte sich die Irma doch von einer sehr warmherzigen Seite. Sie freute sich, daß ihr Horoskop heuer so verheißungsvoll klingt. Im Jahre 2004 wartet angeblich nur geballte Freude und Gesundheit auf sie. Jetzt klebt's am Kühlschrank und sorgt immer für gute Laune.

Dann rief ich meine Tante Gabi an, die gestern Geburtstag hatte. Das Gabilein zeigte sich höchst verwundert, daß ich an ihren Geburtstag gedacht habe, denn sie selber wäre nie auf die Idee gekommen, man würde daran denken.

Etwas surrealistisch schien es mir, daß es im Hause ziemlich kalt war, auch wenn die Heizung glühte.

Zu später Stund rief Buzens unehelicher Ex-Schwiegerschüler, der Koreaner Paul an. Der Paul ist sogar in doppelter Hinsicht Buzens ehemaliger Exschwiegerschüler, da er sich hintereinander mit zwei Studentinnen Buzens liiert hatte. Beide male mit sehr ernsten Absichten, da er ein sehr ernsthafter Mensch ist. Darüber hinaus erinnert er mich sehr an den Yossi. Bitter erzählte er mir, daß sich die Lisa soeben von ihm getrennt habe. Beide Elternpaare waren strikt dagegen, und dies hat die jungen Leute mit der Zeit zermürbt. Der Paul wusste nicht so recht, wohin mit seinem Schmerz, und da hatte er sich auf Buz besonnen, von dem man in diesen Dingen stets ein offenes Ohr und ein tröstendes Wort erwarten darf. Doch Buz war nicht daheim, und so erzählte er all dies eben mir.

Von Buz weiß ich jedoch, daß die Lisa todfroh darüber ist, dieweil das Leben mit dem Paul nicht auszuhalten sei. Er sei sehr streng und habe gnadenlose Vorstellungen von der Ehe. Der Paul jedoch ist äußerst verbittert, da dies nun schon seine zweite Verlobung ist, die scheiterte. In mir bildeten sich mütterliche Aufmunterungsbestrebungen, und ich zeigte ganz viel Mitgefühl. Aber besser wäre es vielleicht gewesen, zu sagen: „Sei nicht zu streng mit uns Frauen!"

Verschneit und bergend weiß. Sehr klar

Traum:

*Ich wischte an den beschlagenen Fenstern im Straßenbahn-
inneren herum, und gewahrte Ming und die Tante Uta auf
dem Vorplatz des Hauptbahnhofs. Ich wunk mir beinahe den
Arm aus der Verankerung, doch man bemerkte mich nicht.
Seufzend lehnte ich mich in meinen Sitz zurück. Ich hatte ein
frisch gekauftes Buch dabei: „Die Gabe" von Vladimir
Nabokov. Doch als ich es soeben aufklappte,* tönte der
Wecker.

Beim morgendlichen Erhöbnis fühlte ich mich
schwach und moribund wie einst der 92-jährige Opa.
Ich staunte nicht schlecht: Draußen war's üppigst
verschneit, und da ich mir ja so fest vorgenommen
hatte, fröhlich zu sein, wischte ich jeglich´ trübes
Gedankengebräu beiseite, und genoss den herrlich
frischen Anblick so gut das einem in Schwäche und
Moribundizität eingehüllten Menschen eben möglich
ist. Ich war froh und dankbar, daß es *jetzt* schneit,
und nicht vor drei Tagen, als ich noch im Harz
unterwegs war. Einmal schickte ich mich an, den
Schnee mit dem Besen hinwegzuschippen. Es nagte
in mir, daß mein Auto bereits zu rosten beginnt,
denn ich hätte so gern ein wunderschönes gepflegtes
Auto und eine gepflegte Geige, doch unter meiner
kränklichen Schirmherrschaft verkommt alles, und
wenn ich jetzt ein Baby hätte, wäre es vielleicht bald

voller Mückenstiche, und kein schöner Anblick mehr.

Zum Frühstück schaute ich die Lindenstraße. Hautnah durfte man miterleben, wie das menschliche Miteinander auf einem unguten Schneeballprinzip basiert. Wie nämlich die Mary, die junge Frau aus dem Busch, von Haus zu Haus ging, um zu sammeln, weil ihr die unbekannten Landsleute in Afrika so unglaublich wichtig sind. Auch beim Hansemann, der sie einst so barmherzig aufgenommen hatte, versuchte sie ihr Glück. Doch in Hansemanns Kasse herrscht arbeitslosenbedingt bereits seit geraumer Zeit Ebbe!

„Na, dann guten Rutsch und grüß Anna!" sagte die Mary betont unpersönlich, nachdem das ganze Licht aus ihrem hübschen Gesicht entschwunden war. Doch gemeint war natürlich: „Was kann man aus Naziland schon anderes erwarten! Na, dann rutscht mir mal den Buckel hinab, ihr Spießer!" und man hat sehen können, wie die Mary gar keine wirkliche Freundin ist, während die Anna doch ihr Herzblut in diese völkerverbindende Freundschaft hat einrinnen lassen.

Am Vormittag rief Herr Heike an, dem ich ja gestern im Rahmen meiner Telefonierstunde aufs Band gesprochen hatte. Herr Heike klang sehr verspannt, und hüstelte die ganze Zeit nervös, doch während des Telefonats, das sehr lang und sogar sehr persönlich geworden ist, vergaß er sein Hüsteln zuweilen. Er erzählte mir von seinen drei Ehen, die zum Teil sehr unschöne Erfahrungen bargen. Ein

Jahr nach dem Freitod seiner ersten Frau lernte er im phonetischen Institut seine zweite Frau kennen.

„Interessiert es dich?" frug er unsicher.

„Ja natürlich! Brennend!" sagte ich nett, und auch wenn meine Worte zu 100% ernst gemeint waren, hallten sie in meinen Ohren leicht verarschend nach. „Dann erzähl ich mal..." sagte der einsame Herr Heike, so daß ich in Erwartung unglaublicher Geschichten, die einen 70-jährigen Lebensweg gesäumt haben, sehr interessiert die Ohren spitzte. Wie kleine Grammophontrichter schienen sie aus meiner Frisur heraus in die Höhe zu ragen.

Die Geschichte mag vor ihrer Loserzählung interessanter gewesen sein, als sie sich dann auffächerte oder anfühlte, als sie „stand", aber währenddessen war ich äußerst gebannt: Die Frau brachte zwei Buben mit in die Ehe, und Herr Heike wiederum sein damals siebenjähriges Töchterlein. Sie bezogen ein so großes Haus, daß man sogar Herrn Heikes Eltern mit aufnehmen konnte. Seine Mutti litt an Polyarthritis, und seine neue Frau wurde zunehmend unzufriedener. Zuerst versuchte sie, Heilpraktikerin zu werden, doch dies reichte ihr nicht, und so versuchte sie, Psychotherapeutin zu werden, und dann reichte ihr auch das nicht mehr. Nach einer dummen Sache, über die Herr Heike nicht reden mochte („nicht, daß ich fremd gegangen bin!" beeilte er sich jedoch eilig zu versichern), ließen sie sich scheiden, und die Frau verschwand zehn Jahre lang in einem Zen-Buddhismus-Kloster in Japan.

Jahre später lernte er seine dritte Frau, die ebenfalls Brigitte hieß, kennen, doch Brigitte die Dritte wurde krank und starb.

Herr Heike hat sein Haus seiner Stieftochter verkauft. Man wurde handelseinig, und schweren Herzens musste der alte Herr sein Zuhause, worin er so viele Jahre seines Lebens verbracht hatte, besenrein räumen. Es war entsetzlich anstrengend, und niemand kam auf die Idee, ihm ein wenig Hilfe anzubieten, obwohl er doch schon über siebzig ist!

„Ich wäre sofort gekommen!" sagte ich anteilnehmend, „doch niemand ist auf die Idee gekommen, mich zu fragen! Jetzt ist es zu spät."

Nach der Wohnungsräumung herrschte sehr lange Zeit Funkstille zwischen ihm und der Stieftochter, mit der man nie so recht warm geworden ist. Doch kurz vor Weihnachten kam eine SMS: „Es hat sich jede Menge Post angesammelt. Wäre nett, wenn Du die mal abholen würdest. Gruß Tonia".

Vier Wochen später kam eine weitere SMS: „Frohe Weihnachten! Es ist noch mehr Post gekommen." Das war's dann aber auch schon mit dem Kontakt.

An seiner dritten Frau Brigitte nervte es Herrn Heike, bzw. ... falsch gesagt!...an den Frauen allgemein nervt es ihn, daß man als Mann allenfalls an zweiter, häufig sogar erst an dritter Stelle kommt... für die Brigitte beispielsweise kam zuerst ihre Tochter, dann kamen die Pferde.

Mit seiner leiblichen Tochter Insa hatte Herr Heike auch jahrelang keinen Kontakt, doch es wurde besser, als sie den jungen Mann aus England kennenlernte; und ganz gut wurde es, nachdem ihr kleines Töchterlein geboren war. In den ersten beiden Nächten wurde Herr Heike gar als Großvater gefordert, und hat sich um das Baby kümmern dürfen. Er trug das plärrende Bündel auf- und ab, und ich sah es sogar vor mir: Wie von Wilhelm Busch gezeichnet! Etwas, was er mit seiner eigenen Tochter auch gemacht habe, sagte der alte Mann in bescheidenem Stolz.

„Welch undankbares Ding!" rief ich erschüttert aus.

Herr Heike, ein Mann mit einem leider viel zu niedrigen Dopaminspiegel im Blut, befindet sich auch gegenwärtig in einer Phase der Depression, so daß ich ihn über die „Glücksformel"* anreferierte.

*Einen Bestseller

Zum Schluß hatte Herr Heike noch ein Musikalisches Sommerangebot für uns parat. Er hatte sich etwas höchst Kurioses ausgedacht: „Die Musik von Brahms in die heutige Sprache übersetzt!"

Nach einer Weile rief ich die Mireille an, die sich selbst am Telefon immer wieder zu verbeugen pflegt, da sie als halbe Japanerin äußerst höflich ist. (Dies merke ich stets ganz genau, und sehe es plastisch vor mir)

Wir plauderten eine ganze Weile lang im Rahmen der Rückblicksphase, und ließen Erinnerungen aus den Zeiten „Im Tal" bis hin zu der alten Mel Messner (1909 – 1991) aufleuchten. (Einer Dame, die in der Wohnung unter uns lebte, und ständig die

Türen abschloss, da sie sich vor Räubern und Einbrechern fürchtete)

Damals wusste die Mireille nach ihrer Exmatriku-lation in Ulm, die sie gerne an Mutti Annemarie in Japan vorbeigeschmuggelt hätte, nicht so recht wohin mit sich. Wir aber zeigten ein Erbarmen und nahmen sie als Hausmädchen bei uns auf.

Wir sprachen über Uraltbekannte, an die wir seit Jahren nicht mehr gedacht haben. Beispielsweise über die taiwanesische Gesangsstudentin Shu-Fang. Niemand von uns weiß, ob sie überhaupt noch lebt. Sie war sehr aufdringlich und klingelte jeden Tag bei mir - solchermaßen, als habe ich die Zeit mit Löffeln gegessen. Dann ließ sie sich Tee oder Kaffee servieren und ging nicht mehr. Jeden Tag das gleiche Lied. Und dies nur, weil sie eine Anfangsscheu verspürte, endlich mit jenem Leben loszulegen, das ihr schon die ganze Zeit vorschwebte: Eine grandiose Sängerin zu werden, der die Welt zu Füßen liegt.

„Sie war doch ein dramatischer Mezzosopran!" erinnerte sich die Mireille. Shu-Fangs Bruder wurde von der Mafia erschossen, und ihre Mutter lebt nicht mehr.

Ich wiederum psychologisierte die Mireille über das Eheleben der Großmanns an, wobei auch ganz viel Autobiographisches durchschimmerte: Daß es die Inga einfach nicht schaffe, den Alltag zu bewältigen. Morgens findet sie nicht aus dem Bett und würde am liebsten bis elf Uhr schlafen. Etwas, das der Achim vielleicht gerade noch akzeptieren kann, doch wenn sie dann einkaufen geht, so bleibt sie immer so ungeheuerlich und jeglich Maß sprengend lang aushäusig, und der Achim muss doch am Nachmittag das Haus verlassen! Dann kocht sie stundenlang, so daß man wenigstens hofft, es käme etwas Gescheites dabei heraus, doch meist sind´s nur Nudeln und mal ist´s ein Spiegelei.

Dann sprachen wir über die Klavierlehrerin Frau Seibl, und ich erzählte, daß sie Buzen eine Weile lang täglich eine Postkarte geschrieben hat, wo sie die gestern gefallenen Worte wieder um 180C° zurückdrehte. Und die Postkarten, die ich der Mireille - nun in Erzählrausch geraten - nacherzählte, klangen alle so spannend, da Frau Seibls neue Liebe zu einem Mitglied des Städtischen Symphonie Orchester in Oldenburg mitschwang. Sie hatte sich an einen Herrn gehängt, für den sie mit ihren bald fünfzig Jahren womöglich nur ein Abenteuer war. Mal haben sie sich gestritten, getrennt und dann auch wieder versöhnt.

„Gestern - grad nachdem ich die Postkarte an Dich eingeworfen hatte - stand Sven wieder schon wieder auf der Matte!" war ihr ein mehr oder minder unfreiwilliger Reim geglückt.

Auch das Thema, daß Herr Großmann fast alles was ich sage für Ironie hält, streiften wir, doch die Mireille versteht ja immer alles miss, so daß es vielleicht unklug von mir gewesen sein mag, daß ich jetzt über ihre Mutti referierte, von der ich mich ja auch ständig missverstanden fühle. Wenn ich ihr beispielsweise das schrübe, was ich denk, so käme es ihr womöglich albern und befremdlich vor, da sie eine gänzlich andere Sicht auf die Dinge hat.

Dann erzählte ich noch vom Mord an Skowronneks Enkelkind, der eine lange Vorgeschichte hat. Als Kind hat Skowronneks Tochter ihren Vater mal bös in die Hand gebissen. Dies hat er nie verschmerzt und sann auf Rache.

Draußen in der winterlichen Klarheit war´s so schön, daß ich eigentlich hätte hinausgehen sollen. Doch ich in meiner albernen Strampelhose rannte bloß mal eben bis zur Metzgerei und wieder zurück. Sogar der Mond war etwas verfrüht aufgegangen, und schielte in die Brenneysenstraße hinter der Metzgerei herab.

Am Abend bastelte ich einen detaillierten Tagesplan für mein Leben ab morgen und konnte es kaum erwarten, endlich ein erfülltes Leben zu führen.

Hernach besuchte ich die Bärbel nebenan. Ich erfuhr, daß Omi Priwitz (Bärbels greise Mutti), 92 Jahre alt, am Abend plötzlich zu kränkeln begonnen und sich altersschwach ins Bett gelegt habe, nachdem sie heut den ganzen Tag topfit gewesen war. Ich sah das alte Knochengestell heut somit nicht, doch dies genierte mich nicht weiter, da es mir in der Seele brennt, daß die alte Dame Opas Altersrekord geknackt hat. (Seit dem 29.12. – also erst vor wenigen Tagen)

Die Bärbel hatte den Fernseher nicht abgestellt. Es lief ein Film nach Rosamunde Pilcher, doch nach einer Weile drehte sie zumindest den Ton ab, da ihr die seichten Dialoge mir gegenüber leicht peinlich waren. *„Was schaut sich die Bärbel da wohl für einen Unfug an!"* *dachte sie mit* *meinem* *Kopf,* und dies wiederum dachte ich, auch wenn ich mir diesen Gedanken nicht anmerken ließ. Es gab Rosé, gezwirbelte Käsestangen und Pralinen. Letztere ein Geschenk eines dankbaren Herrn, dem die Bärbel netterweise ein Manuskript ins Reine getippt hat. Leider fühlte ich mich seelisch nicht so ganz wohl bei der Bärbel, doch dies lag an mir, weil ich es gar nicht mehr so gewohnt bin, mit Menschen zu tun zu haben, und weil es mir noch immer im Gebein stak, wie leer mein Leben heute war. Ein vergeudeter Tag, wenn man so will.

Daheim rief das süße Rehlein an. Leider geht es Buzen nicht so gut: Husten und allgemeines Unwohlsein. Ich bekam große Angst, daß es meinem geliebten Papi vielleicht so ergehen könnte, wie Sir Yehudi Menuhin, der seine Mutti nur um ein Jahr überlebt hat. Nach Omas Exitus ist es mit Buzens vormals guter Gesundheit rapide bergab gegangen.

Montag, 5. Januar

Herbe. Nur noch wenig Schnee

Um der gestrigen Leere zu entgehen, hatte ich mir den heutigen Tag mit sinnvollen Tätigkeiten vollgepackt. Grad so, wie ich die Bärbel gestern mit billigen Lebensweisheiten anphilosophiert habe.

Im Morgengrauen wurde ich der Brutstätte des Behagens entrupft (meinem Bettgehäuse).

Ich beeilte mich mit der Tagesaufsattelung.

Etwas stand hürdenartig mitten auf dem angebissenen Tag drauf: Schürfwundenbedingt galt´s, mein Auto in die Werkstatt zu fahren.

Leider werde ich derzeit von Déjà-vus gepeinigt, und vermeine immer genauestens vorauszufühlen, wie´s gleich kommt: *Ich fahre das Auto mit dem Po vorweg auf die Straße und ramme das neue leichenwagenartige Auto der „Bildschirmschoner"*, so daß das lang ersehnte zweite Wort nach „Moin" in unserem langjährigen Nachbarsleben vielleicht nicht so nett ausfallen würde? Und außerdem sehe mich - verzweifelt gefangen in verdünntem Schmerz der Langeweile - auf dem Laufband vom Fitnessklub herumhoppeln, ohne vom Fleck zu kommen.*

*Jene Nachbarn im spekulatiusförmigen Haus gegenüber, deren Treiben ich von meinem Zimmer aus genauestens beobachten kann, und die sich somit wie Bildschirmschoner anfühlen.

Zunächst aber gönnte ich mir zu meinem Morgenkaffee die RTL II Doku-Seifenoper „Deutschland - deine besten Partien" (eine

Riesenidee, wie fast alles, was RTL II so für uns ausbrütet), und am meisten interessierte mich der adelige Pianist Viktor Emanuel von Monteton, der es offensichtlich bereits mit 18 Jahren nötig hat, der Damenwelt als „gute Partie" ans Herz gelegt zu werden. Als Kind mit seiner güldenen Knappenfrisur sah er aus wie der kleine Lord, und aus dieser Blüte erwuchs sich der Keim von einem Justus Frantz von morgen. Ich fand ihn süß, aber auch ein bißchen lächerlich. Der Hochbegabte mit einem IQ von 143 muss jeden Tag sechs Stunden lang üben und Fingerübungen machen. Einmal sah man ihn auf dem Wege zum Konzert, und die RTL II-Kommentatorin erzählte uns, daß er beim packen sogar mit anpackt, und dabei dürfen die hoch-sensiblen Finger doch keinen Schaden nehmen! Aber er hatte ja nur den Frack in den Kofferraum gelegt. Süß und lustig fand ich, wie er auf seine nette und adelsgemäß entwaffnend ungewöhnliche Art versichert hat, daß seine Eltern gar nicht sooo spitz darauf sind, daß er *unbedingt* eine Blaublütige heiratet. „Sie dürfte meinetwegen auch Müller heißen!" sagte er, was ja besonders für Ming von Interesse ist, da die Seine ja tatsächlich Müller heißt.

Noch immer hielt die Nacht das Leben fest umschlungen, und so übte ich eben in der Finsternis los, und die Lampe spiegelte sich so schön im Fenster.

Ich übte auf eine voranstrebende Art, so daß keine Langeweile aufkam, und schaute dabei auch noch interessiert darauf, wie sich der Tag grau und ein wenig streng entrollte.

Um zehn begann meine Karrieretätigkeit, die mich heute zur Verzweiflung brachte. Ich brachte nämlich überhaupt nichts zustande und auf meinem Terminkalender stehen lauter ungeschickt in die Landschaft hineingestupfte Termine, die wahrscheinlich mehr Unkosten als Nutzen nach sich ziehen? Das Konzert in Wittstock hätt ich um ein Haar vergessen gehabt. Gerührt dachte ich darüber nach, wie Frau Münch immer alles so ordentlich niederschreibt, was ihr am Telefon gesagt wird.

„Derzeit sind keine Konzerte geplant!" beispielsweise.

„Herr Reizig sieht keine Chance", und all so ein Quatsch. Verzweifelt versuchte ich die vier Tage zwischen Wittstock und Schwerin mit Konzerten auszupolstern, und blieb einfach in Schwerin hängen, indem ich jede Kirche einzeln anrief. Bei den Pastoren fühlte ich bei manchen Namen Hemmungen, bei anderen wiederum nicht. Eine zähe Arbeit wie von einem Kriminalprofiler, der Fingerabdruck um Fingerabdruck vergleichen muss - nicht wissend, ob seine Mühen von Erfolg gekrönt würden.

Ich wollte ins Autohaus hetzen, weil ich laut Plan um 12.40 weiterüben musste. Doch mein Auto stand so ungeschickt: Der Po an Oettens Leichenwagen, die Schnauze an der Hecke - so zumindest schien es mir; und jeden Moment würde von rechts oder links ein eiliger Autofahrer herbeipreschen, und mich womöglich wüst behupen. Aber ich schaffte es, und der gefürchtete Satz: „Das Auto könnense vergessen! Das ist praktisch Schrott!" fiel gottlob vorerst nicht.

Der Mireille hatte ich ja erzählt, daß wir direkt neben dem Krankenhaus leben, und so könne ich mein Frühstück immer in der Krankenhauscafeteria einnehmen. So wie einst die Freundschaften zu den Professoren der Musikhochschule, pflege ich heut die Freundschaften mit den Ärzten, die mich als unterhaltsame Gesprächspartnerin sehr zu würdigen wissen. Na, schön wär´s.

Am Abend raffte ich mich zum sauren Gang in den Fitnessklub auf, und der anstrengende Ausflug, von dem man einen gut gefüllten Sack totgeschlagener Minuten mitbringt, dauerte eine Stunde und 50 Minuten. Im Klub selber spiegelte ich mich mit meiner Kurzhaarfrisur wie eine 50-jährige. Ich stellte mich auf das Laufband und konnte es kurzzeitig nicht fassen, daß ich jetzt vor einem so hohen Berg an verdünntem Schmerz stehe. Schon in der „Glücksformel" ist zu lesen, daß Langeweile „verdünnter Schmerz" bedeutet. Wenn man glücklich werden will, sollte man Langeweile vermeiden; aber auf dem Laufband weiß man nicht, was man denken soll, und Glücksgefühle kommen auch keine auf. Im Gegenteil: Als ich später an der Bruststählmaschine in den Spiegel schaute, hatte ich zu allem Überfluß auch noch eine schweinderlfarbene Gesichtsfarbe angenommen.

Daheim klopfte ich im Internet die verschiedensten Städte nach ihren leider mageren kulturellen

Angeboten ab. Vielerorts wird die Kultur als „vernachlässigbar" in *eine* Schublade mit Yoga und Ayurverda gelegt. Kein Wunder, daß die Menschen immer dümmer und unkultürlicher werden.

Abends hörte ich Musik: Schumanns Violinkonzert, hervorragend interpretiert von Frank-Peter Zimmermann, und die Preludes von Debussy, während im Fernsehen etwas für mich aufgezeichnet wurde: Frauentausch:

Ein pennerartiger Frührentner wollte raffiniert sein, und stellte einfach einen defekten Fernseher an den Straßenrand. Scheinheilig schrieb er auf einen Zettel: „Zu verschenken!" auf daß er von irgendjemand Erfreutem hinweggetragen würde. Doch die Tauschfrau empfand dies als empörend. Später erfuhr man, daß ein derartiger Frevel 10 000€ Strafe kosten würde: Ein Danaergeschenk am Straßenrand!

Dienstag, 6. Januar

Leiser dünner Regen. Okkerfarben und grau.
Kaum noch Schnee

Heut schlief ich leider nicht so gut. Mein eines Bein fühlte sich nach dem Bodybilden etwas fehlverschraubt an. Dann erwachte ich bereits im Prädämmer und musste dem Weckerschrill bei vollem Bewusstsein entgegenharren. Bald darauf schrillte er dann tatsächlich los. Na, wenigstens ist jetzt die Ungewissheit vorbei, dachte ich hektisch und dampfaufwirbelnd, da ich den Tag sinnvoll zu nutzen gedachte. Demgemäß begann ich sofort mit der Überei.

In meiner Frühstückspause schaute ich Großfamiliengeschichten. Ich warf einen Blick hinter die Kulissen von Leuten, bei denen es ganz anders zugeht als bei mir. Eine Mutti mit sieben Kindern scheuchte fünf davon in die Schule, so daß bloß mehr zwei daheimblieben. „Großfamilie light", hieß es sodann semiinternational, denn nun wirkte es im Vergleich zu ansonsten ganz ruhig. Mittags kehrten die Schulkinder nachhause, und mit einem der Buben musste geschimpft werden, da er im Fach „Bildende Kunst" überhaupt nicht mitgemacht hatte, wie der Lehrer entrüstet auf einen Briefbogen vermerkt hatte.

„Das interessiert mich üüüüberhaupt nicht!" sagte der Knirps störrisch, dieweil er halt Feuerwehrmann werden will, und demgemäß nur die Feuerwehr im Kopf hat. Doch wenn alle so wären? Arme bildende Künstler! Mir scheint, daß man mit einer Großfamilie wahnsinnig wird. Den ganzen Tag lang muss man einkaufen, kochen, waschen, spülen und sparen. Man könnte natürlich meinen, daß man viele helfende Hände hat, aber die Kinder sind ungezogen und hinzu unreif bis zum geht-nicht-mehr.

Zweimal schrillte das Telefon. Eine mürrische russische Pianistin wollte sich für unseren Sommer empfehlen, und nutzte hierzu große verwandtschaftliche Winkelzüge. Es handelte sich nämlich um die Stieftochter des Bruders von Mings ehemaliger Exschwiemu – einem Herrn Unland.

Dann rief eine rustikale Chordame an, um sich nach den Kosten zu erkundigen, die anfallen würden, wenn man bei Herrn Ahrends eine Aufnahme in Auftrag gäbe.

Als ich weiterübte, regnete es draußen dünn aber stetig; Aurich sah ganz gelblich und gerupft aus, und hatte die Ausstrahlung von einem Vogel angenommen, der soeben ausgeschlüpft ist, sich völlig ratlos umschaut, und keine Ahnung hat, was nun zu tun sei? Aber vielleicht war es auch nur meine eigene Ausstrahlung, die sich verwaschen und kaum sichtbar in der Fensterscheibe spiegelte.

Plötzlich fiel mir etwas Lustiges ein: Als ich der Tante Irma erzählt hatte, daß ich ihre Lieben in Wildemann besucht hab, sagte sie einfach nur: „Es sind keine Schönheitskönige!"

Das fand ich so unglaublich lustig.

Ich schaute eine Sendung über die Olympischen Spiele 1988 an. Die sowjetische Flagge wurde gehisst, es erscholl die sowjetische Nationalhymne (ein wunderschönes Werk, das ich sehr liebe), und eine Stimme sagte: „Niemand konnte ahnen, daß die sowjetische Nationalhymne zum letzten Mal bei Olympischen Spielen ertönt!" Diese Worte ergriffen mich auf unbestimmte Weise. Ich wurde seltsam traurig davon. Es fühlte sich an, als öffneten sich die Tore einer Irrenanstalt: Alles zerfällt.

Inzwischen war es dunkel geworden. Ich lief durch den leisen Regen, worin sich die matte Straßenbeleuchtung brach, zum Combi. In meinem feschen Mantel und einem leuchtend roten Schal schien ich mir sehr hübsch gekleidet, so daß ich mich meiner nicht zu schämen brauchte. Dem aufmerksamen Beobachter konnte dennoch nicht verborgen bleiben, daß ich ganz ziellos durch den Supermarkt lief. Mir fiel auf, daß ich mir gar nichts gescheites zum Kochen mehr kaufe, weil ich im Grunde nur noch an Haubenmahlzeiten interessiert bin.

Im Zeitschrifteneck stand ein geistesversunken vor sich hinlesender junger Vater, und sein kleines, zirka sechsjähriges Töchterlein zeigte ihm dauernd Hefterln, die ihn als Erwachsenen doch überhaupt nicht interessierten. Beispielsweise ein rosagetöntes Prinzessinenjournal.

An der Fleischtheke kaufte ich mir einen Fertigsalat für eine Person, und es wirkte so traurig und einsam, vielleicht auch aus jenem Grunde, weil ich beim Kaufvorgang so herzlich und nett war. Die Worte, die ich an das Kassenfräulein richtete, schienen eine gänzlich andere Bedeutung zu haben: „Willst Du meine Freundin sein? Alle meine Freunde sind alt. Viele von ihnen sind nur noch mit feinem Spinnweb ans irdische Leben befestigt." Ich wirkte wie ein ganz einsamer Mensch, der ein wenig Freundlichkeit für den Abend tanken möchte. Und dann dachte ich an den einsamen Herrn Heike, der beim Fleischkaufen womöglich einen höchst stoffeligen Eindruck hinterlässt, da dies eben seinem Naturell entspricht.

Heute hatte ich gedacht, es habe niemand Geburtstag, doch Pustekuchen! Als ich die Haustür aufschloss, erinnerte ich mich, daß ich meine alte Freundin Frau Kamp anrufen sollte, obwohl sie mir im Sommer so weinerlich und selbstmitleidig erschienen war. Auf die selbstreflektierende Weise von Tante Beas komplizierten Exmann Ric frug ich mich, ob meine B-Seite wohl meint, es sei lästig, Frau Kamp anzurufen? Doch ich blühe lieber auf der A-Seite, worin es mir ein Herzensbedürfnis wäre, der alten Dame mit ein paar lieben Worten eine Freude zu bereiten. Im Geiste entwarf ich bereits ein Plakat, das überall aufgestellt wird: „Keine Chance der B-Seite! – Klare Kante gegen B!" Und so freute ich mich auf das Telefonat mit Frau Kamp, das auch sehr nett wurde. Frau Kamp, die 77 Jahre alt wird, fühlt sich derzeit so gut, als sei sie erst 48. Nur mit ihrer Klavierlehrerin habe sie gebrochen. Das fand ich sehr interessant, und setzte demgemäß ein fragendes Gesicht auf, das dazu einladen sollte, das Thema zu intensivieren, und auch wenn Frau Kamp das durch den Hörer gar nicht sehen konnte, legte sie los: Es lag an deren Unpünktlichkeit. Manchmal kam sie eine ganze Stunde zu spät, und sah´s nicht einmal ein. „Wieso? Die Hauptsache ist doch, daß ich überhaupt komme!" meinte sie lapidar und setzte eine spöttisch-befremdet Miene auf, die man sich als reife Frau eigentlich nicht bieten lassen muss! Mutti

Kamp hatte sich doch auf die Stunde vorbereitet, und kurz vor dem Unterricht bereitete sie sich sogar nochmals extra vor. Jetzt hat Frau Kamp keine Klavierlehrerin mehr, weil eine normale Lehrerin teuer ist, während ihre Lehrerin für Gegenleistungen unterrichtet hatte. Da mal einen Knopf annähen, oder ein Mittagessen für ihren zwölfjährigen Sohn kochen? Der Sohn schien mir bereits seit Jahren zwölf Jahre alt; es könnte aber natürlich sein, dass die vermehrungsfreudige Klavierlehrerin in der Zwischenzeit einen neuen Sohn bekommen hat.

Frau Kamp kochte jeden Tag für den Sohn. Etwas, das die faule Klavierlehrerin selber nicht schaffte.

Abends telefonierte ich nach langer, langer Zeit endlich mal wieder mit meiner Freundin Simone. Die Simone freute sich sehr über meinen Anruf, da es sich um jenen Anruf handelte, der sie am meisten freute. Sie lebt jetzt in Osnabrück und ihr Freund Stephan war aushäusig. Mir fiel so viel zu plaudern ein, daß die Befürchtungen, ich könne mit den Jahren seelisch vertrocknen, schlichtweg zu Staub zerstoben. Die Simone erzählte mir, daß Buzens bayrischer Student Florian demnächst Vater wird. Seine neue Freundin Christina, eine junge Cellistin, habe er im Operngraben kennengelernt. Und so erzählte ich gleich vom Schnuller-Alarm in RTL II. Sendungen, die mir das Familienleben ersetzen. Normale Muttis können leider nicht auf den Ausknopf drücken, wenn's ihnen zu viel wird mit dem Gelärme und Geschrei.

Simone und ich badeten eine Weile lang in Erinnerungen, und währenddessen fielen mir vor einigen Jahren gefallene Worte von Oma Mobbl ein: „Ich würd gern mal mit meinem Mann einfach so dasitzen, und in Erinnerungen baden!" erzählte Mobbl einer Dame, „weißt du noch....". Mobbl färbte ihre Worte so poetisch ein, daß man feuchte Augen zu bekommen drohte.

Beim Baden in Erinnerungen bin ich - anders als normale Geiger, die beispielsweise sagen: „Ich schaue prinzipiell nicht zurück!" - sehr in meinem Element, und nun fiel mir ein, wie ich mal mit dem „Schröder-Gefühl" gespielt habe („Bin ich gut, Doris?"):

Als ich in einer kleinen Dorfkirche in Baden Wür=
ttemberg zu meinem ersten Akkord ausholen wollte,
wurde quietschend die Türe geöffnet, und zwei
verspätete letzte Besucher traten ein: Mein Vater in
Begleitung eines asiatischen Hascherls.

Mittwoch, 7. Januar

Grau und unauffällig

Draußen herrschte ein mildes Dotterwetter, wenn man sich darunter etwas vorstellen kann: Die Sonne zeigte sich in Form eines Eidotters verhüllt hinter Wolkenschlieren.

Zum Frühstück schaute ich die Doku über die Großfamilien weiter. Hautnah konnte man miterleben, wie sich die verschiedenen Programmierungen im Gehirn unterschiedlich auswirken: Eine gemütliche dicke Frau, Mutter von 14 Kindern, mußte bei ihrem erkrankten einjährigen Sohn Aljoscha im Krankenhaus bleiben, und vermisste den Trubel und Lärm daheim.

Um elf Uhr kam meine Lieblingsschülerin Marianne. Sie spielte Schuberts Sonatine in D-Dur guuut, aber leider noch nicht fantastisch, und spreche ich nicht immer davon, daß es die Aufgabe eines Pädagogen sei, aus einem guten einen fantastischen Spieler zu machen? Nun sah ich mich also vor die vornehme Aufgabe gestellt, aus Stroh Gold zu spinnen. Also ersann ich ein paar subtilere Fingersätze, denn auf der A-Saite klang es ein wenig mulmig, erinnernd an jemanden, der mit vollem Munde spricht. Dazwischen erzählte mir die Marianne von ihren Sorgen. Ihre beiden Kinder sind leider noch immer nicht stubenrein! Außerdem ist die Marianne unfroh über ihre alten Eltern in Stuttgart, und einmal weinte sie sogar leicht, weil es ihr so weh tut, daß Andere (wie beispielsweise ich) so liebevolle, warmherzige Eltern haben, während es bei ihnen nie schön ist. Der Vater hat überhaupt zum erstenmal mit ihr geredet, als sie schon 26 war, und ist ansonsten immer übellaunig und besonders gegen Kinder mürrisch eingestellt, so daß die Kinder sagen: „Der Opa Joachim ist ein ganz blöder Opa!" Die Mutti ist gänzlich humorfrei und leicht pikierbar.

Hie und da ruft sie an, aber man weiß einander nichts besonderes zu erzählen, und dann heißt´s: „Du erzählst ja nie was!"

Ich hatte ganz viele Vorschläge: Zum Beispiel, daß die Marianne ihren Eltern ab sofort ganz viele Freundlichkeiten sagt, von denen sie vielleicht nach und nach auftauen werden: Zum Beispiel: „Ich find´ dich so suuuuper!" Oder aber sie sagt: „Ich hab heut schon wegen Dir geweint. Und weißt du warum?...(und dann ist den traurigen Geschichten Tür und Tor geöffnet...) Nein! Dann würde es heißen: „Nee! Muss ich nich wissen...." Beim Abschied bekommt der Opa Joachim manchmal Tränen in die Augen. Tränen der Reue oder auch der Hilflosigkeit, weil man schon wieder so viel gemeinsame Zeit veruntreut hat, und einfach nicht anders kann! „Diese Scheiß-Erziehung!" und „diese Scheiß-Erbmasse!" denkt man sodann.

Die Geigenstundestunde wurde mit Kaffee und Muffins gekrönt. Die Marianne hat ein unglaublich tolles Elektro-Notizbuch, worin man sogar mit einem Stift schreiben kann, und hernach erscheint ein tabellarischer Stundenplan wie in der Schule.

Ich bin immer traurig, wenn die Marianne wieder geht, denn in ihrer Aura fühlt man sich wohl wie in einem warmen Wannenbad, aus dem man sich nur höchst ungern erhebt.

Um die Lücke, die sie schließlich hinterlassen hatte, einigermaßen auszufüllen, wirbelte ich 40

Minuten lang im Haushalt herum, doch dabei fühlte ich mich getrieben und untüchtig in einem.

Eine Sache hatte ich mir vorgenommen: Knoblauch-Eis zu machen. Man quetscht vier Knoblauchzehen in das Sahneeis der Firma Möwenpick und der Genuss ist perfekt.

Im Zentralcafé:

In der BUNTEN schaute ich auf ein niederländisches Familienbild drauf: Königin Beatrix - unter der Betonfrisur leider stark gerunzelt, Kronprinz Willem Alexander, von dem es heißt, er habe sich die Hörner abgestoßen. Die wilden Jahre sind vorbei - mild, bleich und ältlich aussehend. Die Maxima ist leider dick und häßlich geworden, so daß man mit gänzlich entgegengesetzten Gefühlen auf sie draufschaut, als auf die schöne Oda, die sich der Maler Immendorf mit seinem Malerblick geangelt hat. Schön wie das Lindalein, und man frägt sich befremdet: „Was findet sie bloß an diesem häßlichen alten Gauch. Ist es Liebe??"

Die Idee, Knoblaucheis zu machen nahm immer festere Formen an und durch das bevorstehende Experiment wurde sogar frisches Dopamin ausgeschüttet.

Auf der Schwelle zwischen Flur und Eßzimmer klebte eine große Nacktschnecke. Die Nämliche, so hätte man meinen können, die damals in Nürnberg auf Veronikas Salatblatt saß. Mich durchzuckte ein ganz tiefes, unangenehmes und vorallendingen kaum abebbendes Grausen. Plötzlich fühlte ich mich in meiner Wohnung nicht mehr sicher und auch nicht mehr froh, und malte mir sogar aus, *wie ich plötzlich von einem giftgrünlichen, prähistorischen Schnabelreptil ins Bein gebissen werde.*

Aber dann dachte ich plötzlich zärtlich und mit Rührung an meine Tante Bea in Übersee: „Das Beätchen!" sagte ich liebevoll, da man sie auf einem Foto neben ihrem Mann Jesse sitzen sah. Doch das Beätchen ist meilenweit entfernt und fühlt sich für uns in Ostfriesland an, als säße es auf einem anderen Stern.

Ich rief die Bärbel an, um einen Revanchierungs-besuch dingfest zu machen. Die Wellenlänge zu meiner eigenen Nachbarin will leider nicht so recht passen, und der ins Visier genommene Besuch war mir eher ein bißchen lästig. *(„Und Ihr? Vorbereitungen für den Musikalischen Sommer auf Hochtouren? Erzähl mal!") Und zu diesen Fragen, die keinen rechten Beantwortungsschwung aufwirbeln, macht sie ein hoch-interessiertes, ganz ernstes Gesicht, das das Meinige voll ins Visier nimmt, und fürs erste nicht mehr loslässt. Gott ergeben beginnt man zu berichten, und wird ständig mit ineressierteren Nachhakfragen („ach, und die kommen dann aus Taiwan?") in seinem erzählerischen Schwung gebremst.*

Ich vertagte es auf Freitag und tat so, als hätt ich heut schon was vor. Doch in Wirklichkeit wollte ich nur meine Ruhe haben, und schaute mir stattdessen ein Geigerdrama an, das an das Leben von Alina Podgostkin, einer wunderschönen jungen Geigerin, angelehnt ist. Schön wie eine Prinzessin. Von der

Straßengeigerin in die großen Konzertsäle dieser
Welt: Das ohnedies welke Börsl vom Vater des
Geigenwunderkindes begann zu schlottern. Bedroh-
lich sank das Haben des alten Mannes in die
Minuszahlen hinab. Zum Schluß blieb ihm nicht viel
anderes übrig, als im U-Bahn Schacht die Chaconne
von Bach zu spielen. Er spielte so schön er konnte
aus voller Brust heraus. Doch die Leute waren in
Eile und beachteten ihn kaum.

Donnerstag, 8. Januar

Weiß bewölkt.
Abends Regen

Ich nahm eine Johanneskraut Tablette von der es
heißt, sie würde das Denken verändern, schlief
ausgezeichnet und begann den Tag müd aber nicht
ohne Schwung, indem ich sofort losgeigte. Heut
herrschte Vollmond. Mal sah man den Mond ganz
klar, dann wieder milchig verschleiert, und als
bergend empfand ich's, daß die Küche der Möllers
gegenüber am Morgen immer so heimelig beleuchtet
ist. Schön für mich, doch stellvertretend für die
Dorothea empfand ich das „Vorher" - die Pein,
gleich vor der johlenden Schulklasse zu stehen („Seid
doch mal leise!") - so stark. Die Dorothea verließ
auch als Erste das Haus. Noch bei Dunkelheit, und

mit einer ganz unfrohen Ausstrahlung, schwang sie sich aufs Fahrrad, und ich fuhr in Gedanken ersteinmal mit, so daß meine Finger die Arbeit auf der Violine vorläufig alleine erledigen mussten.

Statt die Radelei durch die frische Luft zu genießen, sieht man sich bereits jetzt vor der pöbeligen Klasse bei seinem sinnlosen Tun stehen. Der pubertären Unreife der Jugend - albernen Zwischenrufen, grölligen Lachsalven und hie und da von Papierkügelchen getroffen werdend - erbarmungslos ausgesetzt. Ich malte mir aus, wie sich *die Dorothea wieder schrecklich mit ihrem Jürgen gestritten hat. Jürgen befindet sich in einer großen Identitätskrise ("Wo gehöre ich hin??"). Die Dorothea kann nicht mit und kann nicht ohne ihn leben.*

Der Jürgen saß noch immer in die Zeitung versenkt am Tisch, dieweil er heut erst eine Stunde später zum Dienst musste, wie unschwer zu vermuten war. Kurz zuvor führte er noch auf eine müde, leicht gelang-weilte Art seinen Hund Gassi. Ich eilte ans Fenster, um dem Gespann noch besser hinterherschauen zu können, obwohl es da streng genommen nicht viel zu sehen gab. Warum mich solche Anblicke immer so magisch anziehen? Wenn man ganz erwachsenen-haft denkt, dann müsste man sich eingestehen, daß es kaum etwas Unwichtigeres gibt, als die Stephanie bei ihrem täglichen Ritual, zur Arbeit zu fahren, zu beobachten, und doch versuch ich immer so zu üben, daß ich dann grad etwas auswendig spiele, um besser aus dem Fenster schauen zu können. Mir kommt´s so vor, als möchte ich allmorgendlich gewissenhaft aufpassen, daß die Nachbarn auch ordnungsgemäß in den Tag hineingeladen werden.

Dann freute ich mich über meine kleine Frühstückspause. Ich schaute RTL II: Verbrechen aus Leidenschaft. Eine Düsseldorfer Millionärstochter konnte erst wieder froh sein, wenn ihre Eltern tot sind, und so heuerte sie ihren hörigen Freund als Killer an.

Jedesmal, wenn ich in die Küche lief, lief ich an dem Foto von der Oma vorbei, das der Onkel Hambum allen Trauernden und sich dankbar Erinnernden geschickt hat, so daß ich immer an die Oma erinnert werde.

Um zehn Uhr begann wie allvormittäglich meine Karrierestunde: Heute lief es vielleicht ein klein bißchen besser als sonst, zumal Kantor Thomas Friese aus München nicht ganz abgeneigt schien und sogar von einem Treffen sprach, und daß man mal etwas zusammenspielen solle, um zu schauen, ob man miteinader harmoniert. Ich setzte ihn auf die etwas wirre Liste, die ich für die Frau Münch angefertigt habe. Auch Herr Dreese aus Malchow biss an. Er, dem es obliegt, die Kultur für die Gemeinde zusammenzustellen, hatte gar noch einen freien Termin zu vergeben: Den 18. August. „Bloß Geige allein?" warf er auf muffige Weise eine Frage auf. [Das lockt doch wohl niemanden hinter dem Ofen hervor?] ← dies sagte er zwar nicht, aber ich dachte es für ihn. Und dafür, Minuskonzerte zu veranstalten, wird er ja auch nicht bezahlt.

Dann übte ich weiter, und schaute dazu aus dem Fenster hinaus. Wenn ein Auto vorbeifuhr und kurz anhielt, so dachte ich zuweilen, es käme ein völlig überraschender Besuch. Jemand, an den man seit Jahrzehnten nicht mehr gedacht hat.

„Ich glaube gar, Geheimrats machen uns Besuch!" glaubte ich gar, wie einst die Mutter von Ludwig Thoma. „Sitzt meine Haube auch nicht schief?"

Nur den Bildschirmschoner sah man hie und da agieren, da er leider nichts zu tun hat, und sich doch so gerne nützlich macht. Mir schien sogar, als tausche er heimlich seine Papiertonne mit der Unsrigen, da unsere sauberere Räder hat. Doch ich nahm´s ihm nicht krumm.

Mittags kehrte die geelendete und gestresste Dorothea zurück. Ich bildete mir ein, der Jürgen habe heut schon gesagt: „..und deine ewige Leidensmiene! Soll ich dir mal was sagen, Frau?? Du KOTZT mich an!" Worte, die einmal gefallen nicht wieder aufklaubbar, und hinzu auch nicht dazu angetan sind, die Leidensmiene zu vertreiben.

Dann sah man wie der Bildschirmschoner lauter Päckchen zum Auto trug, um sodann mit seinem neuen schwarzen Leichenwagen von dannen zu fahren. Womöglich ist die Ina zu ihrem Freund gezogen, und jetzt hilft der Vater wo er nur kann, dachte ich als Geigende gerührt. Sogar das Hunderl hatte er mitgenommen, weil die Ina am Telefon gesagt hatte: „...und bitte bring Fidelio mit! Ich sterbe, wenn ich ihn so lange nicht sehe...!"

Um 15 Uhr war Außendienst angesagt.

Am Tresen der Post schimmerte bereits in der Ferne eine neue Bedienstete, die sich die Firma gegönnt hat. Eine Variation von meiner neuen Freundin Ulla in Grebenstein, und ich freute mich sehr, von ihr bedient zu werden, zumal man ja in gewissem Sinne immer Postroulette spielt. Sie war auch sehr nett, und fand meine Zeichnungen toll. „Selbst gezeichnet? Da bestell ich mir woul auch mal einen Brief!" sagte sie kumpelig. Man kannte sich eben mal ein paar Sekunden, und schon war man befreundet.

Im Treppenhaus der Ostfriesischen Landschaft kopierte ich ein paar Rezensionen für meine Bewerbungen, und war dem torfigen Mitarbeiter Djerk sou dankbar, daß er mit dem Rücken zur geöffneten Türe saß und sich den Anstrich gab, mich nicht zu bemerken, so daß ich glücklich um das anstrengende Grußgeschehen herumkam.

Am Abend radelte ich in den Klub.

Dort bin ich eine kleine Nummer, ein Niemand. „Keiner schaut mich länger als zwei Sekunden an", erzählte ich auf der Hinfahrt im Geiste irgendjemandem.

Nach dem quälenden Trainig - ich hangelte mich von Minute zu Minute - regnete es draußen in der Dunkelheit auf klatschend nasskalte Weise. Ich fühlte mich so, als sei ich im Rahmen einer endlos langen Ostfrieslandradtour an einer ganz entlegenen Stelle angekommen, und hätte noch kein Hotel

gefunden. An der Ampel machte ich die Bekanntschaft einer reifen Frau. „Ist das nicht abscheulich?"
äußerte sie sich verbindend über die Wetterlage.

„Höhö!" Mehr fiel mir dazu nicht ein.

Am Abend freute ich mich auf das Abenteuer
„Knoblaucheis". Doch zuerst musste gedichtet und
geduscht werden. Unter dem Duschstrahl stellte ich
mir vor, *wie es vor der Türe klingelt. Draußen im stechenden
Splittertropfenregen steht unsere Nachbarin Dorothea Möller,
die unglückliche Lehrerin. Sie befindet sich auf der Suche nach
jemandem, dem sie ihr Herz ausschütten darf.* Ich stand
unter der Dusche, ließ mich vollprasseln und dachte
mir Dorotheengeschichten aus. Das Drama lief wie
ein Film vor meinem Inneren ab. *Wie sich ihr Sohn mit
19 Jahren überraschend meldet, weil er seine Mutter, die ihn -
sich der Macht der Liebe beugend - als einjähriges Wammerl
einst weggegeben hatte, mal kennenlernen wollte. Doch der
Besuch zum Tee ist nichts Besonderes: Alles, was sich die
beiden sagen wollten, spielte sich in ihrem Inneren ab, und
äußerlich geschieht nicht viel.*

*„Ist das in Ordnung für dich, wenn ich dich Dorothea
nenne?" Der Leonhard ist ein vernünftjer junger Mann. Er
bedankt sich für den Tee, und man reicht einander die Hand.*

*Später analysiert die Dorothea das Verhältnis zu ihrem
Sohn, und schreib das Analysierte in ihrer schlanken
zierlichen Schrift in ein Heft:*

„Warum empfinde ich nichts für ihn?"

*Doch plötzlich weiß sie, warum: „All meine Empfindungen
und Gefühle, die ich habe und mobilisieren kann, gehören
ausschließlich meinem Jürgen!" Aber der Jürgen hat sich in*

eine 18-jährige Schülerin verliebt...er hat sich stark verändert, scheint sein Interesse an der Dorothea weitestgehend verloren zu haben, gibt knappe und einsilbige Antworten, und geht nicht mehr groß auf sie ein.

„Wir müssen reden, Schatz!!!"

„Wieso?"

Bei mir gab´s heut Cremissimo Creme Knoblauch. Ein Hochgenuss.

Freitag, 9. Januar

Einmal lächelte die Sonne.
Ansonsten schneefrei und hellgrau

Heute wird unsere Reinmachefee Frau Meyer 69 Jahre alt, doch die Jubilatorin spielt in unserem Leben gar keine rechte Rolle mehr, dachte ich niedergeschlagen, und mir selber fielen heut lauter haushaltstechnische Details auf. Die Fenster müssen geputzt werden, das Klosett...Im Anbau unter der Glastür befand sich eine geheimnisvolle schwarze Glibberspur. Man weiß nicht, ob dies vielleicht Lakritz ist, das jemand an den Schuhen trug, oder am Ende gar eine vertrocknete Nacktschnecke?

Auch heute morgen begann ich sofort loszuüben. Bei einem leisen Schabgeräusch vor dem Fenster dachte ich noch, daß es vielleicht ganz dick eingeschneit sei, doch ich konnte es gar nicht gescheit ausmachen, da es heut unnatürlich lange dunkel blieb. Bei Möllers brannte Licht und die Dorothea tänzelte auf eine seltsam verdruckste Art mit der Teekanne herum. Ich redete mir ein, es sei „der Morgen nach dem großen Krach". Der Jürgen redete wie fast immer kein Wort, und in Dorotheas Innerem tobte ein Sturm. Wie einst als Kind, als ich in einer Parallelwelt Platz genommen hatte, und mir ständig Geschichten über die japanische Familie Saito ausgedacht habe, denke ich mir nun ständig Möllergeschichten aus, und ziehe dabei sogar meinen ausgeprägten Instinkt, und die Fähigkeit, mit dem Kopf eines Anderen denken, zu Rate, so daß all das, was ich mir ausdenke, zumindest stimmen *könnte*. *Vor zwei Tagen hat die Dorothea dem Jürgen ein Brieflein auf sein Kopfkissen gelegt. „Ich liebe Dich!!!!! Ich liebe Dich über alles!!! Bevor ich Dich kennengelernt habe, habe ich überhaupt nicht gelebt!" stand drauf zu lesen, doch der Jürgen erwähnt das Brieflein mit keinem Wort, und als die Dorothea am Morgen im Schlafzimmer die Betten aufplustert, sieht sie, daß es im Papierkorb liegt.*

Gegen Ende meiner Übschicht wurde ich so müd, daß es eine wahre Wohltat war, sich hernach zwölf Minuten lang in Buzens Bett zu tunken.

Um acht Uhr am Abend wollte die hebefreudige Bärbel zu einem Weingelage kommen, doch der Gedanke daran freute mich nur mäßig, und stresste mich sogar ein bißchen, da die Bärbel doch sehr anders ist als ich. Sie tickt gänzlich anders und versteht meine Scherze nicht...

Gestern hieß es, Niedersachsen würde derzeit von einer dramatischen Todesgrippe heimgesucht. Etwas, das ich Buzen nun am Telefon erzählte. Die neue Grippe ist so stark und erbarmungslos, als wolle sie die Menschen auf Art vom Bergeist Rübezahl mit der Wurzel ausrupfen und in eine Schlucht werfen. Ältere Menschen und solche, die nur eine mittelmäßige Gesundheit haben, müssen mit ihrem Exitus rechnen. Nur Rossnaturen überleben. Ich stellte mir vor, wie dies plötzlich das Thema Nummer eins in den Medien wird: Die Todesgrippe.

Ich frühstückte, aber meine Mahlzeiten kann man gar nicht als richtige Mahlzeiten bezeichnen. Ich hänge in dem taiwanesischen Korbstuhl herum und schaue: XXL Abenteuer Großfamilie. Mir kommt es vor, als seien Muttis, die GANZ viele Kinder haben (zwischen sieben und 14 an der Zahl) viel zufriedener und lockerer als andere Frauen, die im Laufe der Jahre immer verbittertere Züge annehmen.

Die eine Frau rief im Zuge der Kinderbändigung einfach nur „Ab!", da sie sich einen barschen und knappen Befehlston angeeignet hatte.

Man lernte die quirlige Frau Krüger aus Bremerhaven kennen, eine rundliche lustige Frau mit gelben Locken, Mutter von sieben Kindern zwischen 14 und eins! Und auch hier war man genötigt, sich bei sou vielen Kindern einen barschen Befehlstoun* anzueignen. *Merkt man, daß ich soeben mit Frau Meyer telefoniert habe?

Die Post kommt hier immer spät, und vor der Klosettüre liegt noch immer eine achtlos hingeworfene Telekom-Rechnung mit dem Kopf nach unten. Erzürnt hatte ich sie dahin geschleudert, und mich aus Bockigkeit nicht mehr danach hinabgebogen. „Wenn nur so was kommt, dann soll lieber gar nichts kommen!" dachte ich niedergeschlagen und setzte gar keine Hoffnung in die Post.

Der Postbote klingelte, brachte wie fast immer nur einen Schwall Kotzpost, und mein Brief an Schloß Gettorf mit der lustigen Zeichnung drauf war einfach zurückgekommen. Die Hochschule Detmold schickte mir nach so vielen Jahren einfach meine Unterlagen zurück. In kühlem Tonfall stand zu lesen, daß das Ministerium einer Empfehlung gefolgt sei. „Für Ihr Interesse danke ich!" stand blöde und unverbindlich zu lesen. Ich zerknüllte das Blatt und schmiss es neben die Telekom-Rechnung, mit der ich Tage zuvor ebenso lieblos verfahren war. Da hat man sich auf ein allgemein so üppig mit frommen Wünschen herbeibeschworenes „schönes Jahr" gefreut, und doch ist in diesem Jahr bis jetzt ausnahmslos der dööfste postalische Scheiß gekommen, den man sich überhaupt nur vorstellen kann. Am liebsten hätte ich der Hochschule den zerknüllten Brief wieder zurückgeschickt. „Jetzt können Sie sehen, wie wütend mich Ihr Brief gestimmt hat!" könnte ich zornbebend schreiben. Man versteht auch gar nicht, warum diese Verfahren immer so lange dauern müssen.

Am Vormittag kam mich die Marianne besuchen, die ihr Hefterl vergessen hatte.

„Gestern hast du mich veralbert, daß ich mal erste Geige spielen solle!" sagte sie, und schon kam heut ein Angebot, daß sie den ersten Solopart in Mozarts Concertone übernehmen solle.

Das Knoblaucheis, das ich gestern gemacht hab, und nun eifrig servierte, war echt der Hammer. Viel zu viel Knoblauch! Es grummelte im Magen und ist leider - so schön es auch ausschaute - keine Haubenmahlzeit geworden. Die Marianne zeigte sich aber interessiert und aufgeschlossen. Es, im Eisbehälter, ist leider beinhart geworden, und so pickelte ich ihr Stück für Stück ab, und wärmte es in der Mikrowelle, so daß sich ein Kebap-Duft durch die ganze Wohnung zog. Die Marianne fand es super, doch nach einigen Bissen wurde es ihr zuviel.

Am Nachmittag nahm ich mir vor, bis zum anderen Ende der Stadt zu radeln und Leer-CDs zu kaufen.

Direkt vor dem Hause radelte mir die Dorothea entgegen. Sie war sehr freundlich und meinte, es würde sich anfühlen, als habe es heuer überhaupt keine Ferien gegeben, so nahtlos schien ihr das neue Arbeitsjahr noch in das alte hineinverkeilt. „Wie bei allen Leuten!" sagte sie doppeldeutig über sich und den Jürgen, und ich erfuhr auch, daß es ihr nicht verborgen geblieben sei, daß bei mir morgens das Licht so bald aufleuchtet.

Auf dem Heimweg kehrte ich an der Emder Hauptstraße auch noch im Lidl ein. Einem Laden, den ich nie zuvor besucht habe, von dessen weit leuchtendem bunten Schild ich mich nun aber hatte anlocken lassen.

Neue Verkäufer, neue Kunden...man fühlt sich tatsächlich wie „die Neue" in der Klasse.

Da fiel mir plötzlich ein, daß dies wohl auch ein verdeckter Grund gewesen sein mag, warum ich mich nicht soo auf die Bärbel vorgefreut hab: Da sich eventuell ein schlecht gewürzter Nachbarinnen-gesprächsgulasch daraus erwachsen könnte.

Die Bärbel sagt Dinge wie beispielsweise: „Hervorragend und preiswert bei Lidl!" „Mhm!" (sage ich) und hernach gibt es irgendwie nichts rechtes mehr zu sagen, mit dem man die peinliche Stille ausfüllen könnte. Rehlein geht es mit der Bärbel ebenso: Die Bärbel hat ein Logorrhoe dämpfende Wirkung auf uns beide. Sie löst einfach keinen rechten Mitteilungsschwung in uns aus, da sie (fast) alles ein wenig missversteht. Und der Mensch hört sich doch am liebsten selber reden!

Und jetzt kaufte ich extra für die Bärbel bei Lidl ein, auch wenn mir das ärmliche enge Geschäft nicht gefiel. Das bißchen ziellose Organisation fühlte sich mühsam an, als sei ich eine siebenfache Mutti mit quengelnden Kleinkindern und verstockten Prä- und Postpubertierlingen und einem weißen Hündchen, das vielleicht ein ganz liebes Gesicht zu all dem schneidet.

Dann wiederum dachte ich mir aus, ich sei das Evchen - eine unglückliche junge Frau, die sich einst an eine Arbeitskollegin, drangehängt hat, da sie offenbar eine mitfühlsame Seele brauchte, der sie all ihre Kümmernisse anvertrauen konnte. (Und diese mitfühlsame Seele war unsere Oma Ella)

Eine pummelige Frau hinter mir wurde von einem Herrn in mittleren Jahren in ein Gespräch verwickelt.

„Ich bin immer noch Singel!" sagte die zirka 38-Jährige fröhlich.

Etwas vorschnell hatte mir der Laden nicht gefallen, denn nun hielt er sogar ein bißchen Glück für mich bereit: Das Kassenfräulein schenkte mir einen Schokokuchen.

Vor dem Supermarktsportal kaufte ich dem Gockelspezi in seinem Wägele einen Salat ab. Locker duzte er mich gar, da dies Teil seiner Philosophie ist.

Am Nachmittag versuchte ich einen Brief an das süßeste Rehlein zu schreiben, doch mir fiel gar nichts ein; so als habe sich Bärbels Aura als Vorbotin des Besuchs bereits in unserem Hause ausgebreitet.

„Am Ball bleiben. Stimmung aufschäumen!" sagte ich mir, und zwang mich, ohne Unterlass zu schreiben, bis ich auf einen brauchbaren Pfad gelange. Ich schrieb von meinem leicht misslungenen Knoblaucheis, doch die Sätze hörten sich allesamt an, als seien sie vom Onkel Rainer verfasst. (Mühsam drum bestrebt, das Blatt rasch zu füllen, um diese Aufgabe „vom Schreibtisch zu bekommen")

Die Bärbel verfrühte sich leicht, dieweil sie ihrer kränkelnden Muddi versprochen hatte, um viertel nach neun wieder daheim zu sein. Wie alle alten Omas sieht es die Muddi nicht so recht ein, warum das junge Ding wohl so lange aushäusig sein muss???

„Ich will mich doch nur ein bißchen mit der Franziska austauschen. Von Frau zu Frau!"

„Was gibt's denn da groß zu reden? Ach Unsinn!"

Der Bärbel gefiel es am besten im neuen Anbau. Dort ließ sie sich auf der Chaiselounge nieder. Ich erzählte vom Onkel Rainer und hätte die Geschichte gerne ein wenig ausgebadet, da es eine Geschichte ist, die sich so wunderbar verzweigen lässt: Wie er nach Kanada auswanderte, um es denen in Europa zu „zeigen".

„Aus diesem Land wird man mich nur noch mit den Füßen voraus entfernen können!" mag er pathetisch gedacht haben. Er holte seine Frau und die Zwillinge nach, doch denen gefiel es nicht im kalten und fernen Kanada, und so reisten sie wieder nach Europa zurück. „Ich denke nicht im Traum daran, nach Europa zurückzuwandern!" schrieb der Onkel störrisch... Doch bei der Bärbel funktionieren langatmige Erzählungen dieser Art nicht so recht. Sie schaut einen aus großen und törichten Augen an, und stellt Fragen, die für den Fortgang der Geschichte gänzlich bedeutungslos sind: „Ach, und er hatte beruflich in Kanada zu tun? Ist es dort nicht immer sehr kalt?" Und ich wollte doch die spannende Geschichte erzählen, wie auch Rainers zweite Ehe in die Brüche ging. Diesmal scheiterte es an seiner Sparsamkeit. Aber wenn seine Eltern aus Europa zu Besuch kamen, dann musste er seine Exe mieten, was nicht so ganz billig war. Und jedesmal wenn sie „Schatz" sagte, um eheliche Harmonie vorzutäuschen, kostete es fünf Dollar extra, so daß man sich drauf geeinigt hatte, es nur zu sagen, wenn die Mobbl wirklich ganz genau hinhört.

Nach einer Stunde ist die Bärbel dann wieder nachhause gegangen.

In Ofenbach sind derweil Friedel und Rosa zu Besuch, und ich telefonierte mit dem Friedel: Der warme Friedel sagte so nett: „Du bist meine Lieblingskusine und der Iwan ist mein Lieblingskusöng, und wenn ich bei Euch bin, dann schwebe ich im siebten Himmel!"

Samstag, 10. Januar

Freundlich. Nachmittags etwas bewölkt,
aber sehr angenehm

Heute träumte ich allerhand:
Ich fuhr im Auto auf einer äußerst steil in die Höhe ragenden schlanken Autostraße mit einer durchgezogenen Linie in der Mitte, durch die die befahrbare Seite eine Spur

zu eng schien, und hatte mich völlig verfahren. Man fuhr und fuhr in schwindelerregende Höhen, und hatte keine Ahnung, ob sich die Steile jemals wieder beruhigt. Dann aber durfte man endlich wieder ebenerdig fahren – wenn auch natürlich hoch oben in der Höhe.

Vor einem Haus stand ein qualmendes Auto, das kurz davor stand, in Flammen aufzugehen. Aus der Kühlerhaube heraus dampfte und sprühte es bereits, doch ich konnte ja nicht einfach anhalten und helfend einspringen, da die Straße inzwischen schon wieder so steil geworden war, so daß das Auto augenblicklich rückwärts wieder hinabgerollt wäre, wenn man angehalten hätt. Ich befand mich auf der Suche nach einer Wendemöglichkeit. Plötzlich gabelte sich die Straße und ich mußte mich blitzschnell entscheiden, welchen Weg ich wohl einschlagen solle. Kaum hatte ich mich entschieden, da bereute ich es auch schon zutiefst, denn diese Straße führte noch steiler, fast senkrecht in die Höh. Ich konnte mir gar nicht vorstellen, wie ich wenden solle, doch oben wartete eine Überraschung auf mich: Dort befand sich nämlich eine kurzgemähte Wiese, wo man ganz leicht wenden konnte. Auf der Wiese stand eine riesengroße Eisenskulptur, um die man nur herum fahren musste. Doch nun zeigte sich ein Abgrund, den mit dem Auto zu bezwingen, ich mich gar nicht getraute. Nicht einmal mit gezogener Handbremse.

Am Morgen schien freundlich, aber auch etwas müd die Sonne. Gleich zu Tagesbeginn schwang ich mich zu Wochenendeinkäufen auf. Im Supermarkt las ich über die Brigitte-Diät, die ja als eine der wenigen Diäten gilt, die wirklich nützen sollen. Eine Dame berichtete von ihrer Freundin, die ihr Gewicht vor 15 Jahren halbiert habe, und immer noch schlank ist. Wäre ich jetzt ganz pragmatisch, so wie ein normaler Mensch oder mein Idol Ute M., so würde ich schlank, mich hübsch einkleiden, einen netten Mann suchen und noch zwei Kinder bekommen: Doris und Boris.

In der Neuen Revue war ein Foto von Prinzessin Haya von Jordanien abgebildet: Hübsch wie das Lindalein! Sie lebt als Singlette und Reiterin in Paris, und hat leider keine Eltern mehr...Ferner las man, daß Superstar „Alex" beim weltweiten Superstar-Casting leider eine klägliche Figur abgegeben hatte und nur auf den vorletzten Platz kam. Die vier internationalen Juroren, die nach dem Vorbild von Dieter Bohlen ein Statement abgeben mussten, sagten hässliche und beleidigende Dinge über seine Darbietung. Worte, die selbst einem neutralen Leser nahe gingen.

Ich selber stellte heut meinen ganzen Vormittag in den Dienst der Brigitte-Diät. Daheim lag leider wieder nur ein Amtsbrief für Buz herum. Ich radelte durch die Sonne auf den Markt, um die passenden Gemüseteile für das heutige Mittagessen zusammenzusuchen, kaufte jedoch immer nur für eine Person ein, und sagte zuweilen verschämt zu den Verkäufern: „Das nächste Mal kaufe ich etwas mehr!"

Hernach lief ich zum Autohaus Friese und freute mich unglaublich: Mein Auto stand bereits außen, und man konnte sehen, daß es wie neu ausschaute. Es „verschlang" zwar 164 €, doch ich hatte mich innerlich bereits gegen eine noch viel horrendere Summe gewappnet.

Übervorsichtig parkte ich das Auto auf dem Supermarktsparkplatz und kaufte mit frischen Gefühlen ein, da lauter Dinge auf dem Einkaufszettel standen, die ich noch nie zuvor gekauft hatte. Daheim bereitete ich das von der Brigitte vorgeschriebene Samstagsessen zu: Currynudeln mit Ei. Ich hatte gemeint oder gehofft, es würde vielleicht köstlich, doch tatsächlich schmeckte es eher unpersönlich nach Diätkost.

Über die Dorothea hatte ich auch heut wieder nachgedacht, um mir die Zeit auf dem langweiligen Fußmarsch zum Autohaus zu verkürzen. Kaum öffnete sich das Dorotheen-Doc, da war das Ganze auch schon nicht mehr langweilig. Ich stellte mir nämlich vor, *wie der Jürgen die Dorothea heute morgen verlassen hat. Er stand plötzlich auf und sagte: „So geht's nicht weiter. Ich ersticke hier! Ich muß weg. Versuch bitte nicht, mich wieder einzufangen. Meine Sachen hole ich später ab!"*

Am Nachmittag lebte ich sehr ruhig und friedlich nach der Stopuhrmethode.

Die Ina von gegenüber scheint zu ihrem Lover gezogen zu sein, denn ich habe das anmutige blonde Girl nie wieder gesehen.

Regnerisch.
Gegen 16.03 rapide vorbeihuschende Wolken.
Sagenhaft reizvoll in Verbindung mit der
leuchtenden Petroleumlampe im Fenster der Oettens

Einmal trat Frau Oetten mit ihrer gestutzten
blassblonden Vorhangsfrisur kurz ans Fenster und
winkte ihrem Mann, der kurz noch mit dem Hund
hinausging, versonnen nach.

Ich las die Geschichte vom Pfarrer Günther, der
dem schockierenden Beispiel vom Pfarrer Brüsewitz
gefolgt, sich mitten im Gottesdienst in Brand gesetzt
hatte. Eine Tat, die im Jahre 1978 allerdings nur ein
schwaches Medienecho ausgelöst hat. Der Leser
erfuhr erschütternde Details: Daß sich der Geistliche
mitten im Gottesdienst als grausiges Schauspiel für
die entsetzten Kirchenbesucher zu dieser unfass-
baren Tat hinreißen ließ. Als der Brand am Altar
losging, entrollte sich von der Decke herab ein
Transparent, auf dem zu lesen stand: „Wacht endlich
auf!" Doch bis heut ist man nicht schlau daraus
geworden, was der Geistliche wohl damit gemeint
haben will? da es ja Erwachsenenart zu sein scheint,
nie konkret zu werden. Und dabei sah man auf dem
Foto einen fröhlichen Wanderburschen mit runden
Brillengläsern. Im Gegensatz zum Pfarrer Brüsewitz
war Pfarrer Günther jedoch augenblicklich tot. Nur
noch ein Aschehäuflein, das er einst gewesen sein

soll, musste vor dem Altar hinweggefegt und im Ascheimer entsorgt werden.

Im Traum *wollte ich die Familie Schreiber* besuchen. Die Tür war offen, doch niemand schien daheim. Ich musste so dringlich aufs Klo, und stahl mich schweren Herzens in das fremde Bad. Doch als ich eben auf der Klobrille Platz genommen hatte, öffnete sich eine andere Tür im Bad, und der Hausherr Herr Schreiber trat aus einer Geheimtür, die das Bad mit seinem Schlafzimmer verband, herein. Herr Schreiber war aber ganz nett, zumal ich ja alles erklären konnte.*

*Unser Mathematiklehrer in den 70er Jahren

Am Morgen malte ich mir aus, *welche Seelenstürme in der armen Dorothea toben dürften, seitdem der Jürgen sie Hals über Kopf verlassen hat.* (Die Geschichte, wie man hier sieht, bekommt Beine und macht sich selbständig)

„Dorothea hat unsere Liebe buchstäblich erstickt!" sagt der Jürgen einem Freund. „Das war schon keine Liebe mehr. Das war Besessenheit! Obsession! Mir hat das damals schon nicht gefallen, daß sie ihren Sohn einfach weggegeben hat, um ganz der Liebe zu leben."

Draußen herrschte ein trübes Regenwetter, worunter Aurich wie begossen und hinzu ganz einsam wirkte.

Wieder ging ich meinem neuen Hobby, der Brigitte-Diät, nach, und zum Frühstück gab´s ein Obst-Kefir-Süppchen. (Mit Orangen und Bananen)

Hernach begab ich mich an meine Violine.

Zunächst übte ich das in seiner Banalität beklagenswerte Perpetuum mobile von Rheinberger, das mir allerdings Spaß macht.

Hernach rief ich die Frau Gebhardt an, die einem schon leicht fremd zu werden drohte. Mutti Gebhardt klang etwas leidend und „im Nachtgewande steckend". Doch an der Uferlosigkeit der Plauderei hat man gemerkt, daß sie einsam und konversatorisch ein bißchen eingedörrt ist, und dabei leben ihre Eltern, 83 bzw. 84 Jahre alt - so wie Rehlein und Buz es in 19 Jahren sind - nur wenige Häuser weiter im Ort, und eine Schwester von ihr (Krankenschwester von Beruf) zog gar zu den Eltern, um aufzupassen, daß sie sich niemals einen Oberschenkelhalsbruch zuziehen. Neulich sei sogar der Henning aus Wien herbeigereist, und besuchte seine Mutti eine ganze Woche lang.

„So richtig schön ist es nur daheim bei Muttern!" habe er ausgerufen, woraus die Mutti geschlossen hat, daß seine unreife österreichische Braut, nicht besonders gut zu kochen verstünd. „Ist das sou??" habe sie den Herrn Sohn ganz unverblümt gefragt. „Da magst du recht haben, Mutter", antwortete der Henning nach kurzem nachdenken. Dennoch lebt er nach wie vor in Wien, auch wenn man sich für einen Ostfriesen keinen unpassenderen Ort vorstellen kann. Sein kleiner Sohn Johannes ist ein echter Wiener, da er ja in Wien geboren ist. Kommt er jedoch mal zur Oma nach Backemoor zu Besuch, so mutiert er zu einem echten Ostfriesen. Frägt man den Henning, was er mit seinem Klavierstudium eigentlich bezwecke, so antwortet er: „Das ist ne unangenehme Frage..." und einmal verlor sich Mutti Gebhard ganz lang in Variationen darüber, daß sie das nicht beurteilen könne, ob er nun besser geworden sei oder nicht. Ihr anderer Sohn Martin ist Snowbord-Lehrer in Österreich geworden, und ihre beiden noch andereren Söhne studieren je in Oldenburg auf Lehramt.

Mittages kochte ich mir wieder eine Brigitte-Diät-Mahlzeit: Hühnerbrüstle in Senfsoße. Dieses Gemisch, oder auch diese Komposition, wenn man so will, musste 45 Minuten lang in einer feuerfesten Form im Backofen vor sich hin schmurgeln.

Und hernach schmeckte es wie im Altersheim!

Die ganze Zeit über war es so regnerisch gewesen, doch gegen vier Uhr wurden die Wolken herumgepustet, und plötzlich wurde es so reizvoll, daß ich fast auf den Friedhof geradelt wäre. Doch bevor es dazu kam, rief Herr Bloser an. Er war sehr nett und verlor sich, wie ich fand, ein bißchen zu sehr, in Erzählungen über seine hochschultechnischen Aufgaben: beispielsweise Flügelinspektionen. Einmal sei eine Mannschaft um Herrn Reimer herum nach Stuttgart zu Besuch gekommen, um die Räume zu begutachten. Die Besucher seien sehr freundlich gewesen und hätten erzählt, daß in der Zwischenzeit in der Trossinger Hochschule der neue Bauabschnitt fertig geworden sei. Doch zu was der nutz seien solle, erschließe sich keinem Menschen, warf wiederum ich ein. Das haben sie ihm natürlich nicht verraten, und auch Herr Bloser hat nicht erzählt, daß sie das nicht erzählt hätten. Leider hat Herr Bloser in der Zwischenzeit mit seinem besten Freund, Herrn

Prof. Kebap, gebrochen, doch er mochte nicht darüber sprechen und wechselte das emotionsdurchtränkte Thema rasch und etwas holprig in der Gesprächsführung, indem er nun erzählte, daß er Buz in einem Klavierabend getroffen habe. Buz habe ihm Mings CD geschenkt, die er immer wie zufällig mit sich herumträgt.

Zum Schluß erzählte ich noch vom Professor Wachtenberg, einem Herrn mit 13 Kindern, von insgesamt vier Ehefrauen, und einigen geschwängerten Studentinnen. Ich erzählte von seiner neuen, sehr gehorsamen Ehefrau Nicoletta aus Rumänien, und daß er nicht nur eine Schwiegermutter, sondern auch noch eine SchwiegerOMA habe – und so sehr man sich auch darüber freuen mag, so kann man sich mit denen leider nicht unterhalten, da beide zu alt sind, um eine neue Sprache zu lernen. Beide Damen seien katholisch bis zum Anschlag, wie der Kreuzerl in ihrem Dekolleté verrät. Sie sitzen immer nur herum und trinken Kaffee.

Ich fand, daß Herr Bloser das Gespräch dafür, daß er zuvor so lange über das für einen Geiger uninteressante Thema „Flügelinspektionen" referiert hat, doch sehr abrupt abbrach.

Nach dem Telefonat war es schon fast dunkel, und die alte Lampe im Wohnzimmer der Oettens brannte so malerisch und heimelig.

Meine Diät begann mir schon am zweiten Tag auf die Nerven zu fallen. Zunächst war's mir erschienen, als sähe man die Pfunde purzeln. Doch nun sehnte ich mich wieder nach befriedigenden Leckereien.

Ich rief Herrn Blosers Webseite auf, und es ertönte sogleich ein Rachmaninoff Prelüde als klingende Visitenkarte, die den Besucher unvermittelt an den Ohren packt, so daß mir meine eigene Webseite im Vergleich hohl und leer schien.

Hernach telefonierte ich mit dem süßesten Rehlein. In Ofenbach schaute man soeben eine DVD: Bowling for Columbine auf englisch, so daß ich froh war, nicht dort zu sein.

Montag, 12. Januar

Sehr angenehm. Milde.
Vorbeiziehende Wolken, dämmrig beleuchtet

Ich schaute „Stern-TV", über den abscheulichen Tod der kleinen Karolin, einem polnischen Mädchen, das einfach vom türkischen Lebens-gefährten seiner Mutti totgeprügelt und zum Sterben in einer Krankenhaustoilette abgelegt wurde. Die Mutti kannte den Türken erst seit vier Wochen, und schon ließ sie es aus hündischer Ergebenheit zu, daß er ihr Kind tothaut!

Hernach kam eine Reportage mit dem Titel: „Kinder machen ist nicht schwer". Es ging um den kleinen Philipp, der zehn Wochen zu früh auf die

Welt kam. Er schaute erbarmungswürdig aus, wog nur 1500g, und man sah ganz deutlich das kleine Herzchen bumpern. Das arme Baby konnte kaum atmen und fröstelte wie ein Hundertjähriger, der auch dann nicht aufhört zu frösteln, wenn man ihn in eine warme Decke packt - so daß sein Papi, der hilflos neben dem Brutkasten stand, sich große Sorgen machte.

Meine Brigitte-Diät habe ich schon am dritten Tag ein wenig aufgeweicht, was sich darin niederschlug, daß ich heut schon wieder ein Standart-Frühstück aß. Nämlich Ellas Brot mit Philadephia und Honig.

Zum Frühstück schaute ich „Meine Hochzeit". Zwei Hochzeiten wurden vorgestellt: Eine Schwulenhochzeit, und „Frank & Silvia".

„Frank ist kein Romantiker", bildete sich ein Schriftzug zur Kennenlernungsintensivierung unter dem quadratköpfigen Herrn, als er ein paar nüchterne Worte sprach. Dem Nichtromantiker schwebte auch schon eine Ahnung vor: Daß der Frank genau weiß was er will: Ein billiges Betthäschen, das ihm die Hemden bügelt und die Pantoffeln hinterherträgt.

Mitten in diese fesselnde Doku hinein wurde ich von einem Telefonat beschrillt und molestiert.

„Rudolph!" tönte mir die liebliche Stimme der Musikschulsekräterin entgegen, die eine Anfrage für Herrn Seybold tätigte, der seine Noten von Mozarts Klavierquartett in g-moll vertüdelt habe. Hessisch-hilfswütig gelobte ich, die Noten zusammen-zusuchen.

Und wie es so ist: Bei wichtigen Dingen findet man in diesem verhexten Haus nie etwas, doch wenn es dann drum geht, für den Seybold etwas herauszusuchen, so findet mans sofort. Wie zum Hohne handelte es sich gleich um die ersten Noten, nach denen ich griff. Er mit seiner gepressten, leicht sägenden Stimme klang erfreut, als ich ihn hilfsfreudig anrief, um zu verkünden, daß ich die Noten gefunden habe. Doch die Worte, die ich mir zuvor für ihn zurechtgelegt hatte, wagte ich aus Schüchternheit nicht anzubringen: „Sie bekommen die Noten aber nur, wenn sie versprechen, nicht sooo zu spielen: „Tiiiii-tüüüüü-tatütaBÄHH!" (Na, der Musikkenner versteht´s!") (Leicht verarschend gesungen). Wenig später schellte er, mit dem man sich doch mehr oder minder in einem kühlen Krieg befindet, an der Tür.

„Wollen Sie hereinkommen?" frug ich nett, und theoretisch hätte ich auch insistent wie eine ältere Dame werden können. („´N kleinen Cognac werden Sie doch wohl nicht abschlagen! Kommensekommensekommense!") Doch der eilig zielstrebende, durchs Leben Hastende, stak wie immer in Eile.

Wenig später rief ein Herr an, mit dem ich mich sofort befreundet hab. Es handelte sich um den Vater der Freundin jenes Mädchens, das mit seiner Salzburger Mutti in unserem Konzert in Trendelburg war. Die 14-jährige Tochter und ihre gleichaltrige Freundin sind so sehr daran interessiert, bei meinem Papa die Kunst des Violinspiels zu erlernen.

Im Fernsehen stellte man die 22-jährige hochschwangere Sabine vor. Ein Girl wie Mings Julia, das sich schon sehr auf den Nachwuchs freute. Sie und ihr Lebensabschnittspartner besuchten voller Angaschmoo einen Schwangerschaftskursus, der von einer sehr kreativen Schwangerschaftsleiterin geleitet wurde. Heute mussten die Männer den dicken Bauch von ihrer Lebensabschnittspartnerin kunstvoll und bunt bemalen, um einen Bezug zu dem Embryonen herzustellen. Die meisten hatten jedoch so große Angst, sich zu blamieren, daß sie bei der angestrengten Arbeit, ein halbwegs brauchbares Bild herzustellen, kaum an den Embryonen gedacht haben dürften. Hernach wurde nämlich ein lustiges Gruppenfoto geschossen.

Hie und da setzte ich mich nieder, um einen Brief zu schreiben. Ich arbeitete an Briefen für die Familie Nemec, Simone und Veronika, aber leider ist es zur Zeit so, daß ich als Singlette kaum etwas Aufschreibenswertes erlebe. So war ich froh, daß sich mir wie aus dem Nichts heraus eine neue Briefidee aufgetan hat: Daß sich unser neuer Anbau mit der wandfüllenden Glastür wie ein Terrarium anfühle, und daß Buz & Kehlein sich jetzt freuen, daß ich da herinnen sitz. In gewisser Weise gehts denen somit so, wie den Betreibern des Reptilienzoos auf dem Drachenfels, die ebenfalls stets eine Freude haben, wenn es sich die Schlangen in den bereitgestellten Astgabeln und Bäumen gemütlich machen.

Dann wiederum erzählte ich, wie Onkel Dölein in 17 bis 18 Jahren (bis dahin alt) in Opas altem Korbsessel aus Taiwan sitzt, da der Onkel schon oftmals angedeutet hat, daß er plane, seinen Lebensabend bei uns zu verbringen. Man hofft immer so sehr auf einen Lohn von OBEN, weil man sich so sehr um die Moribundenpflege verdient gemacht hat, und dann kommt dieser Lohn seitlich quer aus Übersee, weil es sich herumgesprochen hat, wie toll es sei, unter Rehleins Fittichen alt zu werden.

Am Nachmittag radelte ich zur Post und brachte drei Bewerbungen weg. In der Schlange stehend schaut man auf die Riege der Postbediensteten in ihrer schicken Uniform drauf und spielt praktisch Postbedienstetenroulette. Hoffend, man würde von einem Mitarbeiter bedient, der einem am Herzen liegt. Alle drei Herren, die man dort beschäftigt, sehen leider ganz hässlich aus, und da wundere ich mich immer, warum der Mensch als Krone der Schöpfung bezeichnet wird.

Doch dann ging´s zu wie im Hit von Udo Jürgens. Der eine hässliche Herr lächelte, und sah davon augenblicklich hübsch aus.

Hernach besuchte ich noch den Bioladen und kaufte dem milden Herrn etwas geistesabwesend Brot ab, bevor ich mich wieder in die Nacht hinaustrollte.

Bei Dunkelheit besuchte in den Klub. Die Laufbänder waren beide von fleißigen Laufburschen usurpiert, so daß ich die erste halbe Stunde lang, praktisch nur wie im Startloch steckend und auf einen freien Moment lauernd, voller Unlust meine anstrengenden Übungen betrieb. Einmal wär es fast geglückt, ein freies Laufband zu erhaschen, doch schon stand ein unscheinbares Mädchen wie die Isi aus der Lindenstraße drauf. Kurz vor Schluß packte ich es denn doch noch. Ein Herr hatte nur ganz kurz das Laufband verlassen, und schon stand *ich* drauf. Er kehrte nochmals kurz zurück, um seine Wasserflasche zu holen, und ich fühlte eine veronikafkaeske Anwandlung in mir, abzuhüpfen, um ihm kampflos den Platz zu überlassen, knüppelte sie jedoch nieder.

Auf dem anderen Laufband stählte die Asisa, das Aupairgirl der Familie Baumgart, ein karamellfarbenes wunderschönes Fräulein aus Marokko, seine Waderln. Einmal war es mir direkt so vorgekommen, als habe ich sie mit der Fernbedienung bearbeitet. Ich lächelte erfreut und knipste damit automatisch auch ein Lächeln in *ihrem* Gesicht an.

Daheim hatte mir der süße Ming eine Botschaft auf Band gesprochen. Ming klang so unglaublich freundlich, dieweil er Heimweh nach mir verspürte. „Vielleicht bist du ja mal endlich mit netten Menschen ausgegangen!" mutmaßte Ming hoffnungsfreudig, und schloß die Botschaft gar mit den schönen Worten „Dein Ming".

Ich selber stieg erstmal ins Duschhäusl, um mich Zeit und Raum entheben zu lassen. Man glaubt kaum, wie anstrengend es ist, sich wieder in die Kälte hinaus zu begeben und fröstelnd in seine Kleidungsstücke zurück zu steigen. Als ich dann allerdings wieder drinnen stak, rief ich Ming zurück und beplauderte ihn sehr munter, wenn auch die Themen, wie meist bei mir, über Stock und Stein zu holpern schienen. Knoblaucheis, Herrn Blosers Webseite, und der Tausend Sapperment Walzer von Johann Strauß. Die eingängige Melodie war ganz von allein in meinem Hirngeäst hängengeblieben, so daß ich sie Ming nun vorsingen konnte.

Der Mond zwischen den dunklen, scherenschnittartigen Astgabeln in Verbindung mit den Lichtern der Nachbarschaftswohnungen wirkte so geheimnisvoll.

Dienstag, 13. Januar

Regnerisch.
Man wurde direkt an einen Sommerurlaubstag
auf einer ostfriesischen Insel erinnert.
Zuweilen regnete es hemmungslos auf,
und doch leuchtete auch mal die Sonne herein

Am Morgen überlegte ich, daß ich doch eigentlich jenes Konzert besuchen könnte, wo Herr Seybold an der Geige (und aus *unseren* Noten!) Mozarts Klavierquartett in g-moll im Gymnasium von Norden interpretieren wollte. Jetzt, da ich nach meiner eigenen Geige griff, malte ich es mir sogar bildhaft aus: *Nicht genug damit, daß ich das Konzert besuche, so daß Herr Seybold fahrig und nervös wird - ich klatsche auch noch in fassungsloser Begeisterung wild und ungestüm - doppelt so schnell wie alle anderen - und stürme hernach das Künstlerzimmer, um Herrn Seybold mit Verzückungsausrüfen zu beprasseln, mit denen er als sprödes Nordlicht emotional doch gar nicht umzugehen versteht, zumal der Vortrag hart an der Grenze zum Erträglichen anzusiedeln war.*

Um 13.15 schaute ich eine Reportage über die Jugendpsychiatrie in Lüneburg, einem langgestreckten Gebäude in einer reizvollen Gegend, nämlich direkt am Wald. Die elfjährige Christina litt an einer schweren Depression, verbunden mit der Zwangserkrankung, daß sie immer alles ihrer Mutter zeigen mußte. Aus Angst davor traute sie sich kaum, die Augen zu öffnen, um nichts Neues sehen zu müssen, da all das die Mutti doch überhaupt nicht interessierte. Morgens wütete die Depression am allerschlimmsten, so daß sich die Christina gar nicht erheben konnte. Sie heulte und schluchzte und fürchtete sich vor dem Tag solcherart wie andere vielleicht vor ihrer Hinrichtung. Dann wurde sie mit Diazepin behandelt, und davon verschwanden die Symptome.

Eine 15-Jährige kiffte, dieweil ihre Mutter an Heilig Abend Suizid verübt hatte. Eine andere 15-Jährige, der es offenbar nicht so recht vergönnt war, Tritt auf Erden zu fassen, hatte bereits zwei Selbstmordversuche hinter sich. Einmal kam ihre Mutti mit ihrem neuen Lebensgefährten zu Besuch. Das Mädchen freute sich sehr und umarmte beide, wobei man sagen muß, daß der Lebensgefährte so herzlich und zupackend umarmt hat, wie der Onkel Hartmut. Die Mutti war aber im Banne dessen, daß sie einen neuen Lebensgefährten gefunden hatte, etwas gleichgültig gegen ihre eigene Tochter eingestellt, ohne es bös zu meinen, oder vielleicht auch ohne sich dessen bewusst zu sein. Etwas, um das das Mädle sie gebeten hatte, hatte sie einfach vergessen, und nach der Unterredung beim Psychiater sind die Erwachsenen gleich nach Hause gefahren, ohne auf die Idee zu kommen, noch ein wenig Zeit mit der Tochter zu verbringen.

Am Nachmittag war ich wieder auf der Post, um ein Päckchen für Rehlein aufzugeben: Darin befand sich die ganze Weihnachtspost, die sich für das süßeste Rehlein in Abwesenheit angesammelt hatte, sowie ein Brieflein von mir und unzählige Fotos, mit denen Rehlein ihre Alben bekleben darf.

Im Schreibwarenladen kaufte ich mir zwei Hefterln mit Alphabethsregister, um endlich ein brauchbares System in meine Karrierearbeit zu bringen. Mir treten oftmals Ideen in den Kopf, und dann schreib ich sie, grad so wie einst der Opa, einfach mit dem Bleistift irgendwo hin. Das soll nun ein Ende finden.

Heut war ein Brief für Rehlein gekommen: Ein freundlicher Holländer bedankte sich für die schönen Briefmarken, die Rehlein über Jahre gesammelt, und schließlich Frau Lüvers zum Weiterverschenken geschenkt hatte. Offenbar war auch eine Blaue Mauritius dabei, so daß dieser Herr finanziell nun aus dem Schneider ist.

Am Abend rief ein Gitarrist aus Köln an.

Ich musste an die vielen fehlenden begeisterten „Au ja!"s denken, die uns Musikern so gut wie nie entgegenschlagen, und gab mich demgemäß sehr freundlich und positiv. Natürlich fällt es schwer, einem armen Spielmann Enthusiasmus entgegenzubringen, doch ich riet ihm, mir jene CD zuzuschicken, die ihm am besten gefällt. Man sieht´s kommen, *und er schickt mir eine CD von Andrés Segovia. „Ich spiele ungefähr auch so!" schreibt er dazu. „Wenn das so ist, so sind Sie engagiert!" schreibe ich dann nett zurück.*

„Ich freu mich drauf!" sagte ich zum Schluß, und meinte es auch so.

Hernach rief ich Herrn Reichmann zu seinem 76. Geburtstag an. Ich erzählte vom Tondichter Herrn Herberger, der sich dreißig Jahre lang nur von Wurstbrot, Zitronenjoghurt und Topinamburschnaps ernährt hat. Wenn man jedoch mal mit ihm ins Caféhaus ging, so verzehrte er dort sehr gerne mal ein Stück Champagnertorte. Seine Gesundheit war schlecht, und doch ist er sehr alt geworden. Er starb etwa sechs Wochen vor seinem 96. Geburtstag. Im Gegenzug zu diesen Infos erfuhr ich, daß der ehemalige Rektor der Musikhochschule, ein Nachbar der Reichmanns - ein Herr, der noch immer nach alter Sitte den Hut zu lüften pflegt, wenn er einer Dame begegnet - mit mittlerweile 79 Jahren ebenfalls zu kränkeln begonnen hat.

Zu vorgerückter Stund kam mir Frau Münch mit einem Neujahrsbewünschungstelefonat sogar zuvor, indem sie ein paar Segenswünsche auf Band sprach.

Ich selber rief gleich erfreut zurück, erwischte jedoch auch nur den Anrufbeantworter. Das neue Jahr sei gut angelaufen, berichtete ich. Wenig Schnee zwar, dafür aber viel Regen für die Regenfreunde unter uns, fügte ich mit Blick auf die Regenperlen am Fenster hinzu.

Mittwoch, 14. Januar

Zuerst schaute es regnerisch aus,
doch eigentlich war´s aprilös,
da sich hie und da der Glanz der Sonne zeigte

Ich träumte *daß ich in einem Trossinger Lokal saß. Buz war zum Bahnhof gelaufen, um Yossis letzten Jünger, den etwas schwerfälligen, nickelbebrillten Christoph L. abzuholen, der sich zu einem intensiven Unterrichtswochenende angekündigt hatte. Mich hatte Buz einfach als Pfand hinterlassen, damit die Kellnerin sehen möge, daß er ernste Absichten habe, die Mahlzeit zu gegebener Zeit ordnungsgemäß zu zahlen. Aber buzgemäß befand er sich gedanklich bereits im nächsten Kapitel seines Lebens - dem Schüler, aus dem er in Windeseile einen Spitzenbratscher zu formen gedachte.*

Später, im erwachten Zustand, hämmerte ich mir das Lokal ins Gedächtnis zurück und musste feststellen, daß es unterhalb der Burgbergtreppe von Grebenstein gelegen war.

„Meine Hochzeit!" dachte ich, so daß ich augenblicklich sprungfederartig aus dem Bett gewinkelt wurde. Ich fläzte mich vor den Bildschirm und schaute mir Polterabendgeschichten mit zerdeppertem Geschirr und Luftballons an. Unglaublich ist für mich immer, wie begeistert Menschen mit normal eingestelltem Dopaminspiegel auf eine geplante Hochzeit im Bekanntenkreis reagieren, während einen depressiven Menschen wie den Pastor Würz dererlei nur anstrengt und elendet. Einmal rief Buzens Schülerin Anna J. an, und ich plauderte sehr angeregt mit der jungen Mutti. Die Anna hatte sich zum Geburtstag gewünscht, daß ihr Mann eine Woche lang auf die Kinder aufpasst, und in dieser Woche möchte Mutti Anna nach Ostfriesland reisen, um den Kurs bei Herrn König zu besuchen.

Um elf Uhr kam meine Schülerin Marianne. Kaum hatte meine liebe Freundin das Haus betreten, sprangen die Anekdötchedateien in meinem Kopf alle auf einmal auf, und drohten ihn regelrecht zu überfluten. Eigentlich wollte ich lediglich die rührende Geschichte erzählen, wie sich die Gerlind mal nicht vorm Vorspielen drücken wollte. „Spielst du mir etwas vor?!" hatte ich mehr so dahingeworfen, und nie und nimmer damit gerechnet, daß plötzlich neben meinem Ohre ganz zart und fein der bewegende langsame Satz von Telemanns Bratschenkonzert auftönte. Doch während ich diese rührende Geschichte ausbreitete, bildeten sich Äste und Zweige, und die ganze unglaubliche Familiensaga von der Gerlind, mit all ihren pikanten Details, bis hin zu den amorösen Kontakten ihrer Mutter zu unserem damals 17-jährigen Cousin, brach sich Bahn.

Ich musste meinen Plauderschwung gewaltsam abwürgen, und als in dieser Hinsicht endlich Ruhe war, arbeiteten wir am Telemann-Konzert, dem Husarenstück eines jeden Bratschers, und mir fiel ganz viel zur Gestaltung ein. Differenziertes Vibrato, schwingende Klänge, die Kunst, das Vibrato so fein einzusetzen, daß die Länge der Töne sich zwingend aus dieser Dosierung ergibt.

Hernach saßen wir beim Tee - kleinen Höhepunkten meines Lebens.

Die Marianne musste heut zum 70. Geburtstag ihrer Schwiegermutter reisen, und auch zu diesem Thema bildeten sich in meinem Gehirn viele Verknüpfungen; doch durch die rapiden Zweigbildungen, die sich hinzu nicht aufhalten lassen wollten, konnten viele nur gestreift werden. Ich erzählte, wie sich Herr Seybold bis zum Wahn in die 13-jährige frühreife Sabine verliebt habe. Tochter aus erster Ehe seiner Frau.

Herr Drese aus Malchow, der zuvor noch Bedenken geäußert hatte, daß es dem Publikum womöglich langweilig werden könne - nur Geige allein - hatte auf Band gesprochen, daß er nach Anhören der CD nun doch überzeugt sei, daß ich alleine kommen darf. Jetzt wollte er lediglich die

Honorarfrage geklärt haben wissen, und in mir arbeitete es...

Wieder schrillte es an der Tür. Unser Freund Arthur beehrte mich. Er stak in einem schwarzen Smoking, dieweil er soeben von einer Beerdigung kam. Genaueres hat er mir allerdings nach Art eines Ehemanns, der kaum groß auf Dinge einzugehen pflegt, die seiner Frau am Herzen liegen, nicht erzählen mögen. Er wünschte sich von mir einen Tee, und ich schleppte das große reichbebilderte Kochbuch von Johanna Meier herbei, das ich zu Weihnachten geschenkt bekommen habe. Der Arthur mit seiner polierten Glatze legte sich auf die Chaiselounge im Wintergarten, vertiefte sich in die Lektüre und behielt sogar die Schuhe an, wie einst Opas Schwager Häfelin, so daß der Opa aufgeschäumt wäre. Mir kam es aber doch stilvoll vor, zumal die eleganten Schuhe aus einer edlen Herrenboutique frisch gewichst schienen.

Ich gab mir Mühe, ein bißchen Gemütlichkeit herbeizuzaubern, und stellte Kluntjes und Sahne auf den Tisch. Interessant fand ich, daß man durch die Satelittenschüssel auch Radio hören kann. Nirgends war ein Radio zu sehen, und doch war der Raum mit Klang gefüllt: Helen Huang spielte den Gnomenreigen von Franz Liszt und hernach „Morgen kommt der Weihnachtsmann" von Mozart. Nach einer Weile winkelte der Arthur sich wieder als Teegast zurecht und griff sich die HÖRZU, um sein Horoskop zu studieren. Man wusste überhaupt nicht, was man als Frau zu ihm sagen solle, und so war ich froh, als er selber das Wort ergriff, und die peinliche Stille beendete: Er erzählte, daß er bald zum Snowbordfahren nach Zermatt fährt. Plötzlich meldete sich sein Händi mit dem Türkischen Marsch. Am anderen Ende befand sich eine befreundete Anwältin. Der Arthur plauderte ganz lang mit ihr, und dem Gespräch war zu entnehmen, daß man eine gemeinsame Reise plane, und demgemäß gemeinsam beratschlagen müsse, welcher Weg wohl einzuschlagen sei.

Interessiert lauschte ich dem Telefonat: Der Arthur erzählte schwärmerisch, daß er vorhabe, gleich in der ersten Confiserie am Ort achtzig Pralinen zu kaufen, da sein Papi demnächst achtzig wird. Die Mutter war an Weihnachten im Krankenhaus, so daß man seine Ruhe vor ihr hatte, sagte der Arthur herzlos. (Ein Zwölffingerdarmgeschwür!)

Das Telefonat hatte den Arthur in Erzählschwung versetzt, und nun erzählte er mir plastisch, daß seine Cousine Ulrike, eine Schlossbesitzerin, an ihrem dreißigsten Geburtstag eine Vorstellung ohne Ende veranstaltet hat. Das Spektakel drohte überhaupt kein Ende mehr zu nehmen. Außerdem habe sie *drei* Liebhaber!

Dann empfahl sich der Arthur in die Nacht hinaus. Ich selber suchte noch den Supermarkt auf. Dort freue ich mich wie eine Obdachlose immer so sehr, wenn ich aus der Kälte kommend von Wärme umarmt werde. Und wenn an der Käsetheke Käsehäppchen ausliegen - so auch heut, so stibitze ich meist eines.

Donnerstag, 15. Januar

Als der Tag aufkeimte, sah man die Bescherung:
Alles nassgeregnet.
Vormittags zuweilen schön sonnig,
ansonsten bewölkt

Traum: *Die Familie von Königin Beatrix war zunächst sehr angetan von der Mabel, (einer Dame, die Prinz Johann Friso aus unzähligen hübschen Fräuleins, die ihm zu Ehren auf dem Marktplatz aufgestellt worden waren, auserkohren hat). Aber man hatte sich zu früh gefreut. Als das Vorleben der jungen Dame ausgeleuchtet wurde, kam zutage, daß sie einst mit einem Mafiaboss liiert war. Aber die Mabel hat doch überhaupt nicht gewusst, daß dies ein Mafiaboss sein sollte! Ihr gegenüber habe er immer so getan, als sei er Rotkäppchen.*

Dann erhob ich mich, und krempelte auch gleich die Ärmel empor: Haushalt - üben - Haushalt, sah das erste Packerl für mich vor, und beim Loswüten in der Küche bei Dunkelheit stellte ich mir vor, *ich sei die russische Putzfrau, die sich die Möllers angemietet haben,* denn man muß sich ja immer etwas vorstellen, damit einem die Arbeit leichter von der Hand geht.

Meine Freundin Thekla hatte ihren Besuch angekündigt. „Herzlich Willkommen!" schrieb ich in die Betreffzeile der Antwort. Worte, die in ihrer reinen Nettigkeit ja auch mal von Herrn Großmann niedergetippt worden waren, als ich mich einfach bei denen eingeladen hatte.

Im Grunde entspricht ein Gast, der sich einfach so zu einem Besuch ankündigt, in variierter Form einer ungeplanten Schwangerschaft, mit dem Unterschied, daß man nicht so lange auf ihn warten muss. Aber vielleicht gibt es auch Gäste, die schreiben: Ich würde mich in neun Monaten sehr gerne zu einem Besuch ankündigen! Und dann bleibt er ganz lange - mindestens 18 Jahre lang - weil er dem Gastgeber ja so viel Zeit gegeben hat, sich auf ihn einzustellen. Aber auch wenn er ungelegen kommt, so sagt der Höfliche ja meist doch nur ergeben: „Herzlich Willkommen!"

Durch meine vielen Seifenopern, die ich als einsamer Mensch zum Frühstück anzusehen pflege, habe ich das Gefühl, ganz viele neue Bekannte zu haben: Zum Beispiel ein Ehepaar aus Bayern, wo die Frau, eine Dame namens Karin, doch ziemlich kühl ist. Und genau in diese Geschichte hinein rief die Frau Rupp aus Mittenwald an: Eine Dame, die ich als eher spröd und missgestimmt in Erinnerung hatte. Doch heut schien sie mir sehr nett und wir wurden fast so etwas wie Freundinnen.

„Ja, sicher is dös a Geigerstadt!" sagte sie lachend über ihre Heimat Mittenwald, einem Ort in der Nähe von Innsbruck, „aber die evangelischen Geigenbauer kommen nicht in die katholische Kirche!"

Am Vormittag übte ich und schielte währenddessen nach der Post. Doch es kamen nur zwei Geschäftsbriefe - wie immer. Außer mir vor Enttäuschung hieb ich die beiden so säuberlich und akkurat   einkuvertierten   Geschäftsbriefe   ans

Treppengeländer, bis sie völlig verbeult ausschauten. So etwa, wie es manch ein enthemmter Familienvater mit den Kindern betreibt, wenn sie nicht so wollen wie er.

Allerdings war ein sehr nettes Mail von Herrn Gruschwitz gekommen. Herr Gruschwitz schrieb warm und persönlich, daß wir die gleiche Idee gehabt haben: Einen Brief an mich hatte er bereits zugeklebt, und nun habe er meine Mail entdeckt.

„Oh, bitte schicken Sie mir den auch noch zu!" schrieb ich leicht überdreht – „denn dies ist doch mein Trauma! Daß man nie mehr Post bekommt."

Früher hatte ich gemeint, Herr Gruschwitz sei, so wie alle Kantoren, ein junger Spund. Doch jetzt, angesichts seines stilvollen und höflichen Briefes, konnte man direkt annehmen, daß es sich um einen älteren Herrn handelte. *Auf jedenfall aber könnte es der Richtige für mich sein: Wir verlieben uns leidenschaftlich ineinander, und ich bleibe der Liebe wegen in Oelsnitz kleben.* Dies dachte ich jedoch eher für Rehlein, denn für mich selber, denn Rehlein würde es sehr begrüßen, wenn ich gelegentlich aufgeheiratet würde. Ähnelnd Arthurs Mutti hat sie ihre diesbezüglichen Ansprüche mittlerweile sehr hinabgeschraubt. Rehlein gefällt der Gedanke, mit einem gepackten Köfferlein am Bahnsteig zu stehen, um eine Reise nach Irgendwohin (Bzw. „Irgendwow", wenn es im Osten wäre) anzutreten, um Tochter, Schwiegersohn und die Enkelschar zu besuchen.

Von Onkel Dölein war ebenfall eine Mail gekommen: Wir erfuhren, daß wir seit dem Heiligen

Dreikönigstag einen neuen Verwandten haben: Sam. "Meine Enkel heißen Max, Gus und Sam!" schrieb Onkel Dölein stolz, und sogar ein Foto ließ sich herabladen. Ich fand, daß der kleine Sam genau ausschaute wie Onkel Dölein auf seinen Säuglingsfotos, die der Opa einst so liebevoll eingeklebt, und mit launigen Sprüchen bedacht hatte. Und so richtete ich dem kleinen Sam je ein Verwandtschaftsdoc in Kopf und Herz ein, und dachte heut wiederholt über ihn nach.

Ganz besonders gefreut hat mich ein manisch-überschwenglicher Anruf Rehleins. Rehlein war so begeistert von jenem Brief, mit dem ich doch so schwer in die Gänge gekommen war.

Heute las ich über Jan Palach, der sich als zwanzigjähriger Student auf dem Wenzelsplatz in Prag öffentlich in Brand setzte. Sogar das Tagebuch von Jan Palach hatte man ins Internet gestellt: Im Januar 1969 schrieb er: „Das ist nun wohl der letzte Eintrag..." Eigentlich wollte er überhaupt nicht sterben, doch unter 24 Studenten fiel das Los ausgerechnet auf ihn. Allein im Jahre 2003 versuchten 17 junge Leute sich auf dem Wenzelsplatz zu verbrennen, doch dies ist gar nicht so einfach. Einer schrieb, daß er einfach nicht in diese Welt passe. Die Allermeisten verließ im letzten Moment der Mut.

Ich rief in Stuttgart bei der Hilde an, und das kleine Yüsslein hob ab, und wollte gleich eine Geschichte hören. Also erzählte ich ihm die Geschichte von einem missratenen Sohn namens Mohammed, und das Yüsslein lauschte mir gebannt.

Die Hilde erzählte, daß sie vielleicht bald Lehrerin am Gymnasium wird, und außerdem sprachen wir über jenen Ausbildungsvertrag, der vielleich über mein Konto laufen wird, da die Hilde derzeit in Scheidung lebt. Ihr Mann befindet sich jedoch noch in der Ausbildung....mehr noch: Er macht sein Abitur nach, um eine Ausbildung zu beginnen, und somit sollten Hildes Finanzen ein wenig verschleiert werden. Einmal habe sie den Omar gefragt, ob er für oder gegen Verschleierung sei, und der Omar war der Meinung, dies solle jede Frau für sich selber entscheiden. Er sei da ein moderner und weltoffener Mensch. Also entschied sich die Hilde für die Verschleierung ihrer Finanzen.

Am Nachmittag tauchte ich wieder im Klub auf. Die Raserei auf dem Laufband strengte mich schrecklich an, zumal man ja nicht vom Fleck kommt.

Während ich noch an der Bauchmuskelstähl-maschine saß, schickte ich meine Gedanken schon wieder zu den Möllers. *Ich stellte mir vor, wie der Jürgen ausgezogen ist: „Mein Gepäck wird nachher abgeholt!" sagt er nüchtern und verschwindet grußfrei.*

Nun lebt die Dorothea allein in der großen Doppelhaushälfte mit dem riesigen Garten. Wenn sie Mittags aus der Schule kommt, so weiß sie nichts mit sich anzufangen. Zum Putzen fehlt ihr die Kraft. Schließlich setzt sie sich an den geschmackvollen Sekretär aus der Biedermeierzeit und schreibt

ein Brieflein an ihre Nachbarin, die sie bislang immer ver-
schmäht hatte. Sie pflegte stets einen großen Bogen um Frau
Oettens, eine Dame mit leicht autistischen Zügen, zu machen,
und wenn man einer Begrüßung schon nicht ausweichen
konnte, so wackelte sie stets nur eilig und betont unherzlich
mit dem Kopf. Jetzt aber schreibt sie: „Heut gäbe ich alles
dafür, mich mit Ihnen wenigstens ein bißchen zu befreunden!"
Doch die Oettens sind selber traurig, weil ihre jüngste Tochter
ausgezogen ist. Anders als die Möllers sind die Oettens jedoch
ein sehr glückliches Ehepaar. Die Eheleute umarmen sich und
sagen: „Na, wenigstens haben wir noch uns. Machen wir das
Beste draus!"

Im Fernsehen kam eine Reportage über Teenie-
Eltern: Man lernte ein sehr junges Pärchen kennen,
das noch die Schule besuchte. Sie 16, er 17, depressiv
und lustlos, mit dem kleinen Dschjastin in der
Kinderkarre. Die muffige 16-jährige, gepirct und
störrisch wie eine Eselin, erinnerte mich an die kleine
Feli in zehn Jahren; und wer sagt uns, daß die Feli
nicht auch bald störrisch und schwer erziehbar wird?

Freitag, 16. Januar

Etwas trübe und sehr grau

Ohne zu murren und zu knurren wirbelte ich in
„Noch-Dunkelheit" dem Alltag entgegen. Mir ist es

zur Gewohnheit geworden, daß ich jeden Tag eine ganze Stunde lang meine neuen Bekannten aus der Hochzeits-Doku genieße.

Ein Hochzeitspaar war den „Freien Christen" beigetreten. Das bedeutete u.a. „kein Sex vor der Ehe!" Die Braut war schon nicht mehr ganz jung und hatte die Haare bereits hennarot gefärbt, um für ihren staksigen 31-jährigen Bräutigam erotisch zu bleiben.

Am Morgen hatte sich eine Botschaft von der Hilde auf unseren Anrufsbeantworter gesogen. Sie habe Lust, ihre Frühstückspause zu einer kleinen Plauderei mit mir zu nutzen. Auf ihre sonnige Weise zählte sie ein paar Möglichkeiten auf, was ich wohl grad treibe? Joggen? Brötchen holen? Ich mußte jedoch noch kurz die Geschichte vom unbefleckten Ehepaar weiter schauen.

Erst dann rief ich zurück.

Ich hatte gemeint, daß die Hilde vielleicht über ihre bevorstehende Scheidung psychologisieren wolle, da sie sich auf ihre ärmelzurückkrempelrische und tatkräftige Art fest vorgenommen hatte, ihr Leben in diesem Jahr vollkommen umzukrempeln. Doch Hildes Ehe ist ganz von alleine etwas besser geworden. Die Hilde hatte dem Omar eine Trennung vorgeschlagen, und überraschenderweise habe der Omar gesagt: „Ja, gut!" Er sagte es auf eine Weise, als sei er gefragt worden: „Möchtest du ein wenig Zucker in den Tee?" und die Hilde war äußerst verblüfft, da sie auf einen zähen Kampf eingestellt war, und im Geiste *bereits begonnen hatte, Worte der folgenden Art zu verarbeiten:* „Nur über meine Leiche. Du gehörst mir! Bei uns in Muslimien ist die Frau dem Manne untertan!" Nach einiger Zeit sagte er dann jedoch: „Ach, doch lieber nicht!" und wurde etwas netter, obwohl man sagen muss, daß man leider doch sehr nebeneinander herlebt. Jeder dreht sein Ding. Es geht zu, wie zwischen Nachbarn in einem Mietshaus, die einander im Vorübergehen kurz zunicken und ansonsten ihrer eigenen Wege gehen.

Heute hatte die Hilde den Omar beauftragt, im Internet nach Bauernhöfen zu suchen. Dererlei macht er allemal gern. Da fühlt er sich nützlich und wichtig, und dies hebe seinen Launenpegel. Auf einem Bauernhof könne man eine Woche lang mit den Kindern Ferien machen, meinte die Hilde.

Neulich wäre sie fast ins Nachbarhaus umgezogen, doch es hieß, in der Wohnung drüber läge ein kranker Mann den ganzen Tag im Bett, und wenn der den ganzen Tag im Bett liegt, so könne sie doch unmöglich den ganzen Tag Klavier spielen, dachte die Hilde rücksichtsvoll. Doch nun ist der kranke Mann gestorben...

Das Zusammenleben mit Yüsslein und Ayla sei wunderbar, erfuhr ich, weil die so lustig sind.

Besonders viel Spaß mache es, sich morgens zusammen mit denen zu erheben.

Ähnelnd mir hat auch die Hilde das Gefühl, ständig auf der Stelle zu treten, und nicht so recht vorwärts zu kommen. Man wünscht sich Veränderung, und es geschieht nichts!

Einmal quengelte die kleine Ayla, und als ich ihr am anderen Ende der Leitung etwas ins Ohr sprach, verstummte sie sofort, weil sie so überrascht war.

Frau Münch, die sich für elf Uhr zur Lagebesprechung angekündigt hatte, kam genau in jenem Moment, als ich mich interessiert nach der Post bog.

Wie immer fühlte ich mich in Frau Münchs Aura ein wenig verlegen. Die Worte, die ich so anbrachte, während ich rasch Tee aufbrühte, hörten sich unbeholfen und verschämt an, wie von einer Elfjährigen, die sich ein Stück ihres Pullovers in den Mund stopft, weil sie sich selber so peinlich ist.

Frau Münch ließ sich an der Teetafel nieder. Seit Oktober habe sie nichts mehr von den Großmanns gehört, und dabei würde sie den Kontakt so gerne aufrecht halten. Zuletzt hatte man sich auf dem Geburtstag von Schwiemu Elke getroffen, doch dadurch, daß es bei diesem Geburtstag so unerfreulich zugegangen war, hatte Frau Münch einen Anruf ewig lang hinausgezögert.

Offenbar so lang, bis das Freundschaftsbändel gerissen war, musste man sich nun bekümmert eingestehen.

Ich brühte den Tee auf. Der Dampf stieg empor und verschwand wie eine Seele, die ein irdisches Gewand verlässt. Wahrscheinlich war es dieser Anblick, der Frau Münch auf die Idee brachte, mir zu erzählen, daß sie vorhabe, sich am Projekt „Betreutes Wohnen" zu beteiligen. Dort möchte sie ihre alte Mutti (Jahrgang 1911) unterbringen.

„Sie könnte doch bei den Großmanns als Leihomi arbeiten!" schlug ich vor und sah es bereits bildhaft vor mir, wie das alte Sahnehaupt bei denen im zweiten Stock Quartier bezieht.

Ein bißchen peinlich war mir, daß Frau Münch, die wie die meisten sorgenzerfurchten älteren Leute nur mit halbem Ohre hinzuhören pflegt, meine Worte dahingehend missinterpretiert hatte, ich habe *sie* gemeint. Sogleich gab sie einen psychologisierenden Satz von sich, der jedoch auf einem Missverständnis fußte: Sie tendiere dazu, die Probleme der Familie zu ihren eigenen zu machen.

Ich selber hatte mir bereits ausgemalt, wie ich zu Herrn Großmann sage: „Ich hab eine ganz tolle Überraschung für Euch: Eine Leihomi mit sahneweißer Frisur!"

Amüsiert erzählte ich Frau Münch, daß Herr Großmann alles, was ich so sage, als Ironie auffasst. Sofort machte Frau Münch dies vermeintliche Problem zu ihrem eigenen, und riet anteilnehmend, folgende Wort anzubringen: „Es tut mir weh, daß Du mich nicht ernst nimmst!" (Worte, die aus meinem Munde jedoch undenkbar wären) Einmal habe sie ihrer Mutter gesagt, daß sie traurig sei, daß selbige immer meint, die Tochter führe Böses gegen sie im Schild. Doch zu diesen Larmoyanzen erhob sich die Mutti lediglich pikiert, und schmetterte die Tür von außen zu...

Heut waren zwei Wurfsendungen für unseren Musikalischen Sommer gekommen, und man konnte sehen, daß es bloß mehr befremdlich exotische Angebote gibt: „Classic meets Kuba" beispielsweise. Nur noch jedes dritte Wort auf deutsch. (Nämlich Kuba)

„Früher war alles besser!" sagte ich.

Frau Münch hat sich am 27.1.1967 mit ihrem Chef überworfen. („Unter diesen Umständen kann ich hier nicht weiterarbeiten!")* und am 1. Februar hatte sie bereits eine neue sehr gut bezahlte Arbeit gefunden. Früher war es überhaupt kein Probem, Arbeit zu finden - im Gegenteil: Man hatte eine große Auswahl.

*Zu diesen Worten rotierten in meinem Kopf augenblicklich die Mutmaßungen. Hat der die damals knackige 23-jährige im Vorübergehen wie zufällig kurz in den Po gezwackt? „Entschuldigen Sie bitte! Meine Finger machen sich zuweilen selbständig!"

Dann empfahl sich Frau Münch.

Ich las die schockierende Geschichte über Jan Palach weiter. Auf einem Foto sah man ihn und einen anderen tollkühnen Selbstverbrenner: Jan Zadič vor dem Prager Wenzelsplatz: Zwei blutjunge, wunderhübsch und sehr tschechisch anzusehende Studenten, für die das Leben eigentlich ein aufregendes Abenteuer hätte werden sollen. Doch auch sie endeten als Aschehäuflein.

Schließlich kaufte ich für meinen Gast im Bioladen feine Kuchenstücke ein. Die wattige Biodame Lisa K. befrug mich nach meiner ehrlichen Meinung über André Rieu, und ich käute Rehleins Worte wieder, daß die Show als Show hervorragend sei. Ein feines Glöckchen kündete einen Kunden an: Meine Freundin Gitta! Die Gitta erzählte, daß ihr alter

Vater, Herr Schütt, Buzens väterlicher Freund, traditionsgemäß jeden Samstag um Punkt elf Uhr zum Tee lädt. Eine Familientradition, die er von seiner verstorbenen Frau übernommen hat. Alle Freunde und Bekannte sind darüber in Kenntnis gesetzt worden: Ein offenes Haus mit Tee, Gebäck und wunderbaren Gesprächen zwischen alt und uralt. Doch am letzten Samstag saßen Vater und Tochter alleine da. So freute sich die Gitta sehr, daß ich morgen vielleicht dazukäme, und ich freute mich auch, dieweil beim Wörtchen „Tee" auch immer gleich mein Behagensdoc angeklickt wird.

Nun aber beeilte ich mich, nachhause zu gelangen.

Beim Warten auf meinen Gast legte ich die CD von Peter Kurbl ein. Lauter geradezu quälend unbedeutende Werke unbekannter Komponisten, gezupft von einem unbekannten Gitarristen. Es wirkte, als wäre nebenan ein neuer Mieter ein-gezogen, der unbeholfen auf seiner neuen Gitarre, die er zu Weihnachten bekommen hat, herumexperi-mentiert, und der mir schon kurz nach seinem Einzug anfängt auf die Nerven zu fallen. Jetzt stellte ich mir vor, wie ich Herrn Kurbl im Stile vom mäkelig veranlagten Konzertveranstalter Hans Maulbetsch aus Hirsau einen sensibel-verärgerten Brief schreibe: „*Ich hatte mich auf ihre CD bereits gefreut, mir extra Zeit genommen, um hochkonzentriert zu lauschen. Doch nach und nach wurde mir klar, daß mir ihr*

dünnes, zirpeliges und doch noch sehr unreifes und schüler-
haftes Gitarrenspiel überhaupt nicht zusagt... "

Jetzt aber besuchte mich meine liebe Freundin
Thekla. Die beste, die ich habe. Eine Dame über die
ich mich noch nie geärgert hab. Ich servierte den mit
feinster Bioschokolade überzogenen Biokuchen, auf
dessen Oberfläche sich hinzu eine halbe Walnuß
befand, und spaßte ein wenig darüber, daß Teegästen
meist etwas Ungesundes vorgesetzt wird. Netter
wäre es doch, ihnen statt Kaffee, Tee, Wein und
Likör, Mineralbrunnen, Milch, Kefir, Molke oder
dererlei anzubieten. (Schreibe ich schon wie Arthurs
Freund Meenhard F., der Naturapostel?)

Der alte Herr Öttken von nebenan schaute manchmal durch das Waschküchenfenster einfach auf uns
drauf. Wenn ich aber zurückschaute, so zog er den
Kopf ganz erschrocken, wie ein ertappter Dieb,
wieder zurück. Dichterisch aufbereitet erzählte ich
der Thekla, daß er meiner Mutter mal ein Sträußlein
überreicht hat. Leider sei der alte Herr geistig leicht
behindert, so daß seine große Schwester ihn durch´s
Leben mitschleifen musste. Nun leben die betagten
Geschwister, die auch schon die achtzig über-
schritten haben, nebenan in ihrem Elternhaus und
werden ständig für ein Ehepaar gehalten. Ich stellte
mir (uns) vor, wie wir ihn vielleicht herbeiwinken:
*„Kommense rüber, lieber Herr! Trinkense ne Runde Tee mit
uns. Mit zwei hübschen jungen Damen!"*

Ich erfuhr, daß Theklas Ehemann, Herr Ahrends
(unser Privatheiliger) demnächst eine ganze Woche

lang zum Tonmeistertreffen nach Leipzig reist. Hernach will er eine Aufnahme mit Ming und Herwig machen. Der kritische und nörglerische Herwig möchte sich für die Beethoven Sonaten eine ganze Woche lang Zeit nehmen. Der Brief, den der Herwig geschrieben hatte, klang jedoch, seinem grantlerischen Naturell diametral entgegenlaufend, sehr höflich. „Herrn Dr. Ahrends" schrieb er aufs Kuvert. Und in übertragenem Sinne habe er geschrieben: Ich, Cellistus Majestäticus, beuge mich vor dem Dorf-Tonmeister!"

Die Thekla wollte mir zeigen, wie man sich im Internet ein superschönes Briefpapiert mit Smilies einrichtet. Einmal ins Ausprobieren geraten, probierte sie drei Papiermotive aus: Eine Boa, eine Schildkröte und ein Liebespaar hinter einem Schlüßelloch. Dies, da die Thekla, ähnelnd Rehlein, seit frühester Kindheit sehr gerne Briefe schreibt. Ein Großteil ihrer Freizeit geht dafür drauf.

Dann rief der Onkel Hambum aus Grebenstein an, wo der Gefühlvolle etwas unbeholfen und einsam an Omas 91. Geburtstag herumfeierte; dem ersten Geburtstag ohne die Oma selber! Doch dann nahm die Einsamkeit des Onkels abrupt ein Ende. Das Ehepaar Wies kam zu Besuch, und der erfreute Onkel gelobte, in einer Stunde nochmals anzurufen.

Nach dieser Stunde war der Onkel sehr angeheitert, und lamentierte ein wenig über seine missliche Lage. „Wollen wir hoffen, daß ich dieses Jahr lebend überstehe!" sagte er gar - doch das Jahr ist ja noch nicht sehr alt, und einen so großen gedanklichen Bogen bis zum Jahresende kann ich überhaupt nicht schlagen.

Samstag, 17. Januar

Regnerisch

Ich träumte ein Zeug zusammen!

Rehlein hatte soeben jene Gitarren-CD von Peter Kurbl eingelegt, die von mir gestern im wahren Leben so kümmerlich gefunden wurde. *Rehlein jedoch war hin und weg, und tatsächlich klang die selbe CD plötzlich anrührend und fein. Wir waren total verzaubert, und innerlich machte ich drei Kreuze, daß ich mich gestern nicht zu schmähenden Worten hab verleiten lassen.*

Nach einer Weile erhob ich mich. Den Zauber der Musik noch im Ohr, und den Kopf befüllt von der Verwunderung, daß eine kleine CD nach nur einem einzigen Tag so anders klingen kann!

Hatte ich nicht gelobt, Herrn Schütt zum traditionellen Tee zu besuchen? Alle Freunde und Verwandte wissen: Samstag halb elf: **Tee bei Opi. Wer kommt ist herzlich willkommen! Die Teesause findet ausnahmslos jeden Samstag in jeder Wetterlage statt.** Zunächst suchte ich im Computer umständlich die Sedanstraße, wo der alte Herr seit mehr als einem halben Jahrhundert residiert.

Schließlich radelte ich auf gut Glück los, denn beim Stadtplanlesen fühle ich mich oft so, wie einst die Dame Gerlind beim Streichquartettspiel, wenn sie die Partitur öffnete – nicht wissend, wo man hinschauen solle. (Für einen Bratscher wirklich äußerst kompliziert, da er ja meist „Dödldöö!" spielen muss)

Unterwegs dachte ich mir zum Zeitvertreib Großmann-Geschichten aus: *Vati Achim kann den ewigen Zoff daheim einfach nicht mehr ertragen, und scheint nicht zu merken, daß es doch meist er selber ist, der diese unschönen Verstimmungen heraufbeschwört. (Es ist seine „erstaunte" mäkelige Art, die eine Ehefrau zur Weißglut treiben kann) Und so beschließt er, das Weihnachtsfest heuer zusammen mit der kleinen Judith bei seiner Schwester in Hamburg zu verbringen. Die Inga könnte mit dem Baby seinetwegen zu ihren Eltern reisen. „Ist mir doch egal!" sagt er mürrisch. Doch „Eltern" in dem Sinne hat die Inga eigentlich nicht. Sie hat nur noch „meine Mutter und ihren neuen Mann", und so ruft sie erstmal bei ihrer Schwester in Göttingen an. Die Schwester ist schwanger, frisch verheiratet und klingt somit wenig begeistert. „Äääh?? Wieso feierst du nicht mit deinem Mann?" frägt sie herbe, und ohne die Antwort abzuwarten fährt sie fort:*

„Ich hatte mir ehrlich gesagt eine ganz intime Kuschelweihnacht mit Thorsten vorgestellt! Schließlich ist das unser letztes Weihnachtsfest zu zweit. Da würdest du ehrlich gesagt stören Schwesterherz, Sorry!"

Schließlich ruft die Inga ihre Mutti an. Der Stiefvater hebt ab. „Eeeela!" bellt er in den Raum hinein, nachdem die Inga sich gemeldet hat. „Ja?", die Mutter klingt, als habe man sie beim Spülen oder etwas ähnlich Saurem, mit dem man rasch hatte zu Potte kommen wollen, molestiert, und nachdem die Inga eilig ihr Anliegen ausgebreitet hat, wirkt sie noch weniger begeistert. „Bernd und ich wollten es uns eigentlich zu zweit schön und gemütlich machen! Und du weißt ja, daß Bernd mit dem Kindergeschrei nicht so klarkommt...." Die Worte verhallen, und da weint die Inga sehr stark. Nachdem die Tränen versiegt sind, ruft sie ihre Freundin Bärbel in Hamburg an. Die Bärbel ist gottlob süß und sagt: „Klaaaahr! Du bist immer willkommen. Wir freuen uns!"

Schließlich war ich in der Sedanstraße angelangt. Doch im Haus Nr. 23 wohnten gänzlich andere Bewohner, wie das Klingelschild verriet, und so schaute ich bei 25 und 27 nach – je vergebens. In der Nummer 21 schien´s allerdings, als tobe eine samstägliche Teezeremonie, so daß man durchs Fenster Blickkontakt knüpfen konnte. Ohne, daß ich geklingelt hätte, näherte sich eine Gestalt. Es öffnete ein teigiger junger Mann mit einem Zwicker auf dem Nasenrücken, den ich noch nie zuvor gesehen hatte. „Oooma!" rief er, und es erschien eine pagenköpfige, leicht unverbindlich wirkende alte Frau, die mir allerdings Auskunft geben konnte. Und doch suchte ich weiterhin falsch, indem ich an einem leblosen Mietshaus zwischen Sporthalle und Sportplatz herumsuchte. Doch schließlich fand ich das eingemauerte Grundstück mit der orangegetönten Dachfrisur ja doch noch und wurde froh & nett von Hausherrn Fritz empfangen.

Die Wohnung ist so unglaublich ordentlich, dieweil sie fünfmal die Woche je vier Stunden lang von einer langjährigen Haushaltshilfe putztechnisch bewütet wird.

Heut war die Schwägerin Hanna zu Besuch, die mir zumindest einen Eindruck der verstorbenen Grete vermittelte. Die Gitta hatte den ganzen Vormittag lang Käsehäppchen vorbereitet, und ich bestaunte ihre geradezu unglaubliche Figur. Vollendet wie von einer Schaufensterpuppe. Gestern Abend hätten sie gemeinsam einen EQ-Test gemacht, wobei die Gitta schlecht, der Vater jedoch hervorragend abgeschnitten habe. Mir wurden begeisterte Lobeshymnen über Buzens Schwiegerschülerin Shingua vorgesungen, die im Sommer hier residiert hatte, und ein so wundervoller Mensch sei. Es habe ihr so unglaublich leid getan, daß der alte Fritz vor ein paar Jahren seine geliebte Frau verloren hat. Überall in der Wohnung legte sie kleine Zettelchen hin, die den alten Herrn ein wenig aufmuntern sollten. Die Gitta hat sie alle aufbewahrt, und in eine goldene Schatulle gelegt, und wenn der Vater mal von seiner Traurigkeit übermannt wird, so öffnet er das Schatzkästlein und liest die Zettelchen, worauf Dinge zu lesen stehen wie beispielsweise: „Fritz. Du sahst heute so traurig aus. Du sollst nicht traurig sein! Schau die schöne Blume an. Sie kommt von Grete!" und daneben hatte die romantische Shingua ein Blümchen in einer Puppenstubenvase aufgestellt.

Als die Hanna sich verabschiedete sagte ich: „Haben wir etwas Falsches gesagt? Jetzt habe ich mich gerade so gut an Sie gewöhnt!" (Frech & nett in einem)

Die Gitta erzählte, daß sie so schrecklich entsetzt von ihrer Schwägerin sei: Der neuen Frau von ihrem Bruder Rudi in Amerika. Einer Südamerikanerin. Als der Rudi mal am Klavier saß und musizierte („Wunderschön. Ich hab´s genossen und hatte die Augen geschlossen"…glückte der Gitta im Rahmen der Erinnerungen ein kleiner Reim), kam die Frau, die offenbar keinen Sensor für die Musik hat, andauernd ins Zimmer, und sagte mitten in die ergreifensten Stellen hinein: "Rudi. Would you please bring the garbic down stairs?"

Bald wurde ein Fotoalbum herbeigeschleppt, das der Rudi zu Papis Siebzigsten vor 16 Jahren gebastelt hatte.

Der Rudi sei immer viel zu gutmütig mit den Frauen, und weil er ein Leben lang von den Frauen nur verarscht worden ist, unternahm er eines Tages mit seiner Ursprungsfamilie eine Weltreise, die jetzt fotografisch dokumentiert vor mir lag. Auf einem Foto trug er gar eine Schlange um den Hals.

„Die ist ja gar nicht glitschig!" stand fröhlich im Stile von Frau Neckermann unter der Fotografie zu lesen.

Nach einer Weile erschien ein weiterer Teegast. Eine relativ feurige Friesin die, obzwar noch gar nicht alt, eine gute Freundin der verstorbenen Frau Schütt war. Wir setzten uns zu Herrn Schütt in die Kuschelecke, und Herr Schütt erzählte eine unglaubliche Geschichte:

Im April vergangenen Jahres besuchte er die Orgeltage in Ratzeburg….

Als die begeisterten Musikfreunde, die soeben einem atemberaubenden Werk von Johann Sebastian Bach gelauscht hatten, dem Ausgang zustrebten, sagte Herr Schütt ganz laut und deutlich: „So etwas bringt mich GOTT näher als jede Predigt!"

Da drehte sich ein Mann um, und hieb ihm mit einer solchen Wucht aufs Schulterblatt, daß selbiges noch eine ganze Weile lang nachbebte und weiterwackelte.

„So was hört man als Interpret gern!" rief der Herr aus. Eine Seniorin jedoch missverstand diese wuchtige Geste als tätlichen Angriff auf Herrn Schütt, und stellte den Herrn streng zur Rede. Doch der Organist meinte, dies sei halt sein holsteinisches Naturell, und tätschelte der Dame begütigend und tremolierend die welke Wange. Etwas, das die Seniorin wiederum als Entgleisung ihr gegenüber auffasste.

Doch diese unangenehme Geschichte mochte Herr Schütt jetzt nicht vertiefen. Ihm ging´s vielmehr darum, daß sich mit diesem Herrn eine so unglaublich tiefe Freundschaft ergeben hatte. Es erinnerte mich an Erwin Böhmert, einen Herrn, der dem Opa gegenüber einst ein tiefes Freundschaftsgefühl entwickelt hat. Doch im Gegensatz zum Opa damals, der dieses Geschenk von OBEN nicht so recht zu würdigen verstanden hatte, ist Herr Schütt noch immer ganz verdattert vor ungläubiger Freude, daß das Schicksal ihm im hohen Alter noch so einen wunderbaren Freund beschert hat. Rehleingleich legte er einen Aktenordner für die so reichhaltige

Korrespondenz an, die sich dieser Begegnung nun entwoben hatte.

„Mein lieber, herzensverwandter, seelenverwandter....“ (Name hatte er leider vergessen), schrieb der Herr Prof. Neithardt Behtke geradezu früchtebrötern und nicht frei von Pathos und Poesie. Er erzählte dem Freund, daß ihn seine Frau wegen einem Anderen verlassen hat. Vier singende und musizierende Kinder habe er auch, wobei das „auch“ mittlerweile überflüssig geworden ist, da die Frau ja weg sei.

Nach zwei Herzoperationen heißt es nun „inoperabel“, las man ihm letzten Brief vom 12.1., und seither gibt es kein Lebenszeichen mehr von dem neuen Freund. Versehentlich hatte der Professor aus alter Gewohnheit „03“ hinter das Datum geschrieben, so daß man hätte denken können, man habe bereits seit über einem Jahr nichts mehr von ihm gehört. Am Telefon hebt leider niemand ab.

Herr Schütt erzählte, wie er einmal eine Bauchspeicheldrüsenentzündung hatte, und während dieser Zeit war ihm jeder Besuch eine Last.

Dann führte er mich in sein Arbeitszimmer. Dort hat er ein dickes Lederalbum für seine geliebte Grete angelegt. Prall gefüllt mit Fotos und Briefen. Ich erfuhr allerlei: Nämlich, daß Herr Schütt das einzige Kind seiner Eltern war. Bereits als 17-jähriger Jüngling verlor er im Jahre 1934 seine Mutter.

Dann zeigte er mir Jugendfotos von seinem Papa, einem fröhlichen Herrn mit einem keck nach oben gebogenen Näschen, aus dessen Augen der Schalk blitzte.

Nach einer Weile hat man gehört, daß unten jemand zu Besuch kam. Sein ältester Sohn Robert war´s, von dem zuvor schon die Rede war. Daß er nämlich leicht mongoloid sei. Doch dies glaube ich nicht. Er schaut zwar ein wenig gengepanscht aus, doch erstens ist er bereits über fünfzig, und zweitens redet er ganz klar und deutlich, hat ein fantastisches Gedächtnis, vergisst nie etwas, und außerdem ist er *sehr* höflich und aufmerksam, und worin die Behinderung bestehen soll, kann man irgendwie gar nicht sagen.

„Der soll mich kennenlernen!" rief ich übermütig. Herrn Schütts anderer Sohn Walter (er hat deren drei) wohnt direkt im Nachbarhaus, auf das man durch die Glastür im Wohnzimmer frontal draufblicken kann. Abends schaut er manchmal vorbei, und zweimal in der Woche speist Opa Schütt bei denen zu Mittag. Nämlich Di und Do, dieweil die Woche der jungen Leute äußerst akkurat verplant ist.

Am Samstag hat Walter frei.

Der Robert saß brav auf dem Sofa und studierte die Zeitung. Mich begrüßte er, indem er die zu beschüttelnde Hand mit beiden Händen ergriff. Gleich erinnerte er sich an meine Konzerte, da er ja nie etwas vergisst.

„Was ist denn heuer so geplant?" erkundigte er sich interessiert und anteilnehmend, und einmal sagte er mit seiner klaren und deutlichen Stimme, die er dem welken Ohr eines älteren Menschen angepasst hatte: „Papi, wo sind denn bitte die Ostfriesischen Nachrichten von heute? Die hier sind nämlich von gestern", und dazu lächelte er in leisem Amüsement.

Das Mittagessen bereitet Papi Schütt am Samstag eigenhändig und ohne großen Aufwand zu: Es gibt Mikrowellenkost.

Sehr erfüllt von diesem schönen Besuch radelte ich nach Hause zurück. Auf dem Heimweg stellte ich mir vor, wie ich Herrn Schütt nun ständig poetische Briefe schicke, und wie er auch für mich einen Aktenordner anlegt.

Ich besuchte den Supermarkt.

Direkt zu Einkaufsbeginn sah ich Herrn Großmanns leicht verhuschte Schwiemu Ela, über die ich heute schon nachgedacht hatte. Eeela sei sehr privat, und immer drum bestrebt nicht gesehen, und schon gar nicht in ein Gespräch verwickelt zu werden. Es heißt, mit der scheuen und menschheitsverdrossenen Eeela ließe sich überhaupt keine Konversation einfädeln, und so rief ich ihr ein knappes „Hallo" zu, das mit einem schmallippigen, beton unherzlichen Nicken im Vorübergehen quittiert wurde.

Draußen begegnete ich ihr erneut, und diesmal wollte ich ausprobieren, ob es wohl wirklich stimme, daß mit ihr keine Unterhaltung zu entfachen sei.

„Wie geht es den jungen Leuten?" (fragte ich).

„So weit ich weiß, gut."

Duch den Lautsprecher rief eine Stimme: „Frau König – bitte Kasse vier!" und ich fühlte mich angesprochen.

Am Abend telefonierte ich mit Rehlein. Rehlein geriet in Plauderschwung und berichtete, daß Buz plötzlich den Charakter von der Oma angenommen habe. Es ist, als sei ihr Geist in ihn gefahren. Buz wünschte sich Nudeln und sagte: „Ach, könntest du mal Nudeln kochen?" Rehlein kochte sofort los. Nach einer Weile wiederholte Buz die Bitte, doch Rehlein war doch grad schon dabei.

„Ach, hat das Mädchen es gehört!" sagte Buz.

Später rief ich nochmals an, da ich großes Heimweh nach meinen Eltern verspürte. Diesmal hob Buz ab.

„Ich wollte sagen.." sagte ich bedeutungsschwer, „daß ich dich liebe!"

Lustig finde ich, daß viele Leute heutzutage dauernd sagen: „Ich sach mal so..." Dieser Allerweltssatz wird in die Unterhaltung eingeflochten, man rechnet mit etwas höchst Gewagtem, doch dann folgt etwas völlig Normales.

„Ich glaub, das Wetter wird heut - sach ich mal - ganz gut!"

Sonntag, 18. Januar

Vormittags Sonnig, sodann herb bewölkt.
(0,5 C° minus)

Am Morgen hatte ich ganz viel geträumt und
erhob mich nicht ohne Mühe; doch zur Zeit
gebricht´s mir am nötigen Fleiß, gleich zu
Tagesbeginn meine Träume niederzuschreiben. Ich
bilde mir ein, sie mir merken zu können, indem ich
sie zunächst in loser Weise *auf* meinem Kopf durch
den Tag zu balancieren trachte. Doch dort fallen sie
im Laufe des Tages hinab und zerbröseln. Man bückt
sich ganz erschrocken wie nach einer aus dem Auge
gehupften Kontaktlinse, doch man findet sie nicht
mehr und nach einer weiteren Weile muß man sich
eingestehen: Selbst wenn ich sie jetzt noch fände, so
ists zu spät. Wenn sie nicht gerade in eine Pfütze
gefallen ist, so dürfte sie vertrocknet sein.

Ich weiß nur noch, daß ich *meinem Papa mein*
Prüfungsprogramm vorspielte. Zunächst lief alles gut, doch in
der C-Dur Sonate von Bach entfielen mir immer mehr
Akkorde, so daß ich beim Spielen ins Stocken und Grübeln
geriet. „Ach nee!" hörte man mich mehrfach verlegen ausrufen,
und Buzens Stift tänzelte über das Notenblatt, um
schmähende Bemerkungen hineinzuschreiben.

Ich frühstückte und schaute fern. Den
aufgezeichneten Film hatte die HÖRZU lediglich mit
einem geradeaus verlaufenden Pfeil bedacht:

Mittelmaß! Meterware - nur für Menschen mit viel Zeit und eher schwach ausgeprägtem Geist geeignet. Doch mir taugte er ganz gut, dieweil es sich so mehr oder minder um Hildes Geschichte zur Studienzeit handelte. (Ein amerikanisches Drama). Eine Studentin verfiel einem Professor, der ehelich jedoch anderweitig gebunden war.

Die Studienzeit ist nach den wunderbaren Kleinkindjahren die vielleicht schönste Zeit im Leben eines Menschen. Doch dies merkt man erst, wenn sie vorbei ist: Ein krispes junges Ding war in eine Drei-Mädel-Wohngemeinschaft am Strand gezogen, und ihr Papi, ein Beau, schaute nach Art Buzens *scheinbar* ständig besorgt nach seiner Tochter. Doch in Wirklichkeit hatte er sich bis zum Wahn in das WG-Girl „Amanda" (Ämändäää) (für das ungeübte Auge fast identisch so aussehend wie die anderen beiden Barbiepuppen) verknallt, so daß er über nichts anderes mehr nachdenken konnte, und seine Arbeit äußerst fahrig ausübte.

Einmal rief Herr Großmann an und klang so sonnig, wie es das Wetter draußen war. Das schöne Wetter bereite ihm gute Laune, und nachher wolle er mit der kleinen Judith Plätzchen backen, dieweil die kleine Judith vom Weihnachtsmann ganz viele Backutensilien geschenkt bekommen hat, und sogar ein Puderzuckerbestäubungsgerät sei dabei. Ich holte die CD von Peter Kurbl herbei, und las Herrn Großmann die vereinzelten Werke vor, die darauf gezirpt werden, und Herr Großmann lachte dazu, dieweil ihm fast alle Werke ein Begriff sind. Ich war

bereits ins Psychologisieren geraten und psychologisierte somit über das Foto, das Peter Kurbl
lächelnd in seinem schwarzen Anzug zeigt.

„Soll ich Dir die CD schicken?" frug ich nett.

„Nein Danke!" sagte Herr Großmann auf seine
onkelige Art frisch und gönnerhaft in einem. Ich
sprach davon, daß es genau ein Typ sei, wie er, und
daß sie sich wohl gerad aus diesem Grunde nicht
verstehen würden. Später stellte ich mir vor, wie ich
Herrn Kurbl nun andauernd anrufe, um mit ihm
über Aspekte seiner Interpretation zu sprechen.
Zuerst ist Peter Kurbl hocherfreut. Doch dann
fängt's an, ihn zu nervene. Ich rufe an und sag: „Ich
habe die CD einem befreundeten Gitarristen, der die
Werke gut kennt, zur professionellen Begutachtung
geschickt. Er hat mir fachkundige Anmerkungen
dazugeschrieben, über die ich Sie jetzt sehr gerne in
Kenntnis setzen würde. Über fast jeden Ton gäbe es
etwas zu sagen...."

Ich erinnerte mich an unsere Reise mit Rehlein im
Dezember 1983 nach Japan. Nach mehr als sieben
Jahren wollten wir unsere alten Nachbarn im
Gästehaus in Musashino besuchen. Beispielsweise
den tschechischen Dirigenten Antonin Kühnel -
einst ein Hagestolz, der in der Zwischenzeit jedoch
eine Japanerin geheiratet hatte:

𝔙on außen durch das 𝔉enster seines 𝔐usikzimmers
blickend, erlebten wir das folgende 𝔖zenarium:

Uns hatte er sich stets als höflicher Nachbar präsentiert, doch als er sich nun unbeobachtet wähnte, brachte ihn sein widerspenstiges kleines Söhnchen, dem er soeben eine Lektion am Klavier erteilte, derart in Rage, daß nicht viel fehlte, und er dem Knirps den Schädel mit der Axt gespalten hätte – so sehr hatte ihn das kindische Geklimper aufgeregt. Hoffentlich hat ihn seine Frau, eine elegante und feinkultürliche Japanerin, wegen seiner unkontrollierten Jähzornausbrüche zum Psychiater geschickt. Dort erzählt er von dem renitenten Knaben. „In solchen Momenten könnte ich ihm den Schädel zertrümmern!" sagt er hilflos.

Am Nachmittag verließ ich das Haus, obwohl man *sehen* konnte, daß Minusgrade herrschten.

Frau Priwitz, mit ihren 92 ½ Jahren erstaunlich fit aussehend und sogar elegant gekleidet, hing am Henkel ihres rotgesichtigen und ungesund aussehenden Sohnes im Garten. Eine Stelle im Garten war unschön eingedrückt.

„Das waren die Arbeiter!" sagte Frau Priwitz, wie ich fand, leicht unbeugsam und streng tönend. Dann begutachtete sie gar meine neue Frisur.

Zur Jause schaute ich einen Film über Kinder, die ihre Eltern pflegen.

Zwei Beispiele wurden vorgestellt:

Ein lebloser alter Mann, dem man das Bett mitten ins Wohnzimmer gestellt hat, damit er dort die meiste Sonne abbekommt, wurde von seiner maskulinen Tochter Herta ergeben gepflegt. Nur wenige Wochen nach den Dreharbeiten verstarb der alte Herr, der kaum noch etwas gesagt hat, wie die Erzählstimme bekümmert verriet.

Eine 75-jährige, sehr nette Frau, litt an Alzheimer, auch wenn sie streckenweise noch ganz normal redete. Doch nun lebte sie einfach bei Tochter und Schwiegersohn. Der Schwiegersohn, ein gewöhnlicher Dicker, erzählte, daß seine Schwiemu eine Person sei, die er früher überhaupt nicht wahrgenommen habe. Besser gesagt: Man spürte sie einfach nicht. Sie lebte *ihr* Leben, und das war wunderbar so. Jetzt ist man jedoch gezwungen, das alte Knochengestell bis auf weiteres mit durchs Leben zu schleifen, und das sei gar nicht schön.

Sie hört sich sehr gerne Volksmusik an, und wünscht sich ständig, daß sich jemand neben sie setzt, und ihr beim Volksmusikhören Gesellschaft leistet.

Dann rief Rehlein an. Rehlein ist jetzt wieder allein, da Buz heut morgen nach Trossingen gereist ist. Neulich waren sie zu neunt, und dies stak Rehlein noch immer ein wenig im Gebein, so daß sie sich an den neuen Zustand, endlich wieder ihre Ruhe zu haben, erst freudig wieder gewöhnen muss.

Die Annelotte sei mit ihren Söhnen aus Wien herbeigereist, und es sei so entsetzlich anstrengend gewesen! Sie plapperte sich mit Buzen fest, und wie selbstverständlich ging man davon aus, daß Rehlein ein Auge auf die ungezogene Brut hält.

Montag, 19. Januar

Regnerisch und pfützig

In der Nacht schrillte dreimal das Telefon. Wahrscheinlich war es Herr Ssu aus Taiwan, der faxen wollte. Bloß, daß wir leider kein Faxpapier mehr haben. Manchmal raschelte es, und ich dachte mir aus, *es sei womöglich ein kleiner Zwergvaran, der völlig überraschend und hinzu auf gänzlich unerklärliche Weise in Buzens Zimmer gelangt ist.* Doch wahrscheinlich war es nur ein leichter, sporadisch einsetzender Regen.

Am Morgen hatte ich das Gefühl, so wahnwitzig packend geträumt zu haben, doch ich erhaschte nur noch einen winzigen, kaum greifbaren Traumeszipfel, der zudem, bei Tageslicht betrachtet, total banal war: *Buz zeigte sich in einem düsteren Treppenhaus in einer alten Villa - direkt ein wenig an „Bates Motel" in „Psycho" erinnernd. Grämlich versuchte er mir klar zu machen, daß Klopapierpackungen ganz krumm werden, wenn man sie nicht sachgemäß lagert.*

Dann erhob ich mich in die Finsternis. Seelisch geht es mir zur Zeit sehr gut und vorallem dann, wenn ich tätig bin, weht mich ein freudiges Lebensbehagen an. Gegen zehn nach acht war die erste Schuftschicht auf der Geige „im Kasten".

Zum Frühstück schaute ich „Das Klassenbuch". Eine Geschichte über ein dickes Buch, das jahrzehntelang hin- und hergeschickt wurde, auf daß die Klassenkameraden hineinschrüben, was sie wohl so treiben, denken und machen. Worin somit mehrere Leben von der Schulzeit bis ins Greisenalter hinein dokumentiert wurden. Eine Dame namens Eva, die heute noch lebt, und als Abiturientin 1932 ungefähr so alt sein dürfte, wie die Oma Ella es heute wäre, wenn der Gevatter Tod sie nicht vorzeitig heimgeholt hätte, sah noch immer sehr gut aus. Sie besuchte eine Talkshow, und begeisterte mit ihrem lebhaften, freundlichen Wesen.

In der Frühstückspause schaute ich einen Film über Pätschwörkfamilien an. Über eine Mutter und ihre Tochter, die je schwanger waren. Doch vor kurzem hatte die Mutter eine Fehlgeburt erlitten, so daß sie sogar von leicht zickigen Gefühlen der eigenen Tochter gegenüber beschlichen wurde. Kurz darauf wurde sie aber doch nochmals schwanger. Dabei ist sie schon 46 Jahre alt, bereits Oma, und sie und ihr Mann „Opa" haben drei erwachsene Kinder und mehrere Enkel.

Währenddessen rief Buz aus Trossingen an. Der Anruf stimmte mich nachhaltig deprimant, denn Buzens Gesundheit hatte sich verschlechtert. Wegen seinem schweren Husten hat er ein Antibiotikum verabreicht bekommen, und das habe er überhaupt nicht vertragen. Er bekahm einen Blähbauch und sein Gedärm geriet in Unlot. Dies alles tat mir unsagbar weh, und ich sah Buz im Geiste bereits auf dem Vorkatafalk liegen. Grad nach Art des alten Opas im Film neulich, dessen Sterbebett mitten im

Fünfziger Jahre Wohnzimmer unter den Hirschgeweihen und Ölschinken aufgestellt war.

Bald darauf machte ich die Bekanntschaft einer sehr netten Frau. Mit gemischten Gefühlen rief ich nämlich beim Kantor Domke in Neuruppin an, von dem Herr Großmann angedeutet hatte, er könne am Telefon eventuell etwas finster wirken. Doch der Kantor selber war kantorengemäß grad in der Kirche, und es war seine Frau, die abhob. Die Frau wirkte mitteilsam und plauderfreudig, so daß ich ganz gerührt war. „Wir freuen uns jedenfalls sehr, wenn Sie herkommen und spielen!" sagte die Frau nett, und auch ich freute mich unglaublich, daß das so verloren herumstehende Konzert in Wittstock ein Geschwisterchen bekommt.

Meine Freundin Thekla hatte ein Brieflein geschickt. Ich finde ihren Stil ein wenig albern, freue mich aber doch: „Tach auch!" schrieb sie im Scherzstile des Musikschulleiters Seybold, und kündigte ihren Besuch für den 5. Februar an.

Dieser Abschnitt hier bis * ist nur für Lindenstraßenexperten gedacht:
Zur Zeit ist es für uns Lindenstraßenfäns höchst aufregend, daß die Gabi mit dem Briefträger anbändelt. Gestern beispielsweise hob sie bereits mit ihm im „Akropolis" ein Glas Wein, und man sprach gar über Kultur!

„Klassische Musik gibt mir sehr viel!" verriet die Gabi. Etwas, wofür ihr Mann Andi, ein simpler Taxifahrer, kein besonderes Ohr zeigt. Der Briefträger jedoch verlieh sich selber einen kultivierten Anstrich.

„Ja, das verstehe ich sehr gut!" gab er sich kunstkundig.*

Mittags hatte ich sogar beim Karrierezapfen Glück: Pastor Landa aus Kiel schien mir so besondern nett.

„Herzlichen Dank für Ihre so erfrischende CD!" sagte er freundlich. Ohne großes Federlesen wurde ein Konzert mit Ming und mir neben jenes in Niebüll gestellt.

Ich schaute „Schnuller-Alarm II": Über die 16-jährige Katja, die sich mit ihrem Freund Sascha wieder versöhnt hat, und ihn nun zu einem Picknick auf einer großen grünen Wiese einlud. Das kühle und unfroh wirkende Mädchen hatte auf einen Zettel geschrieben:

Zwei Jahre Sascha.
Ich liebe Dich!!!"

und den Zettel so plaziert, daß er gleich draufschauen können sollte, wenn er kommt. Doch der Sascha ist kein Romantiker. Auf seinem Schirt steht: „Wer dich fickt, ist zu faul zum wichsen!" und außerdem kam er mit einer mehr als einstündigen Verspätung, und zum Reporter sagte er: „Romantik ist nicht so mein Ding!"

Abends schaute ich mir eine Reportage über die Gorbatschows an.

Der Witwer Gorbatschow erinnert mich an einen anderen Witwer: Herrn Heike.

Dienstag, 20. Januar

Am Vormittag wunderschön.
Dann etwas grau überzogen

Noch bei Dunkelheit widmete ich mich meiner Karriere, doch ob man das, was ich betreibe wirklich als sinnvolle Karrierearbeit bezeichnen kann? Ich schrieb dem Kirchenmusiker Herrn Gruschwitz, der sich direkt ein bißchen so anfühlt, als sei´s ein netter Herr, den man auf der Partnerschaftsbörse im Internet kennengelernt hat, einen lustigen, früchtebröternern Brief. „Wenn das kein böses Erwachen gibt!" schrieb ich augenzwinkerig darüber, daß ich vergessen hab, wann unser Konzert in Zwickau stattfindet. Beim Durchlesen fielen mir immer noch mehr Briefflickerln ein, mit denen der Brief unnötig in die Breite gebügelt wurde. Etwas, das auch Rehlein und Buz beim Briefeschreiben ständig passiert, während der Normbürger sich eher knappzuhalten und Eile zu suggerieren pflegt.

Zum Frühstück schaute ich den Film über Katja und Sascha weiter. Die 16-jährige Katja, die bereits ein kleines Töchterlein hat - Christa-Joana - benahm sich pampig gegen ihren alleinerziehenden Vater, einen gutmütigen Rheinländer.

Um elf Uhr besuchte ich die Zahnarztpraxis und musste zehn Euro Praxis-Gebühr entrichten. Dann nahm ich im Wartezimmer Platz. Zuerst griff ich mir den Focus, doch noch bevor ich ihn aufgeklappt hatte, griff ich mir „Das Journal", dieweil „Das Journal" immer packend, und der Focus immer langweilig ist. Tatsächlich muss man im Journal, das auf den einfachen Interessensradius einer simplen Frau wie mir zugeschnitten ist, nie sehr lange blättern, und schon kommt was für mich: Ein Aufsatz über das Thema „Was tun wir eigentlich außer Zähne putzen, ins Kino gehen, bügeln und staubsaugen?" Der Aufsatz begann nicht übermäßig kunstvoll, doch dann ging es interessant weiter: Wir warten darauf, uns zu verlieben!

Zuerst teilte ich das Wartezimmer mit zwei ganz verblühten Damen um die siebzig. Einmal kam eine leicht windverblasen und verregnet wirkende zirka 42-Jährige, und tauschte sich mit der einen graumelierten und streng wirkenden Frau mit Tulpenfrisur über Zahnprobleme aus.

„Es muß jetzt sein. Ich hab´s immer vor mir her-geschoben!" sagte die alte Dame unfroh. Ich las inzwischen über ein reifes Paar: Sie 45, Er 49, das sich beim chätten kennengelernt hatte. Sie sprachen davon, daß sie füreinander geschaffen seien und blühten auf. Sogar Wanderferien in der Wutach-Schlucht machten sie.

Dann wurde ich aufgerufen. Es wirkte wie in der Geisterpraxis, weil es dort immer so still und steril ist. Die Aura des Zahnarzts spürte man überhaupt nicht. Dann kam er aber doch. Ich erfuhr, daß seine beiden Enkel je in der Disziplin „Violoncello" bei „Jugend Musiziert" starten. Doch seine Enkelin zeige ganz im Gegensatz zu seinem Enkel keinerlei Talent. „Nein. Hat sie nicht!" sagte er zwar mild, so doch mit Nachdruck. Ich würd ja lachen, wenn ausgerechnet die Enkelin mal eine weltberühmte Cellistin wird.

Der Dentist konnte nichts finden, fand jedoch, daß ein Röntgenbild angesagt sei, so daß ich mich noch nicht froh fühlen konnte. Das eine Fräulein mit dem gepircten Zahn polierte meine Zähne und schoss später ein Röntgenbild. Ich wollte das eigentlich nicht, und fühlte mich sehr nervös vor dem Resultat. Durch die geöffnete Tür hörte man wie der andere Zahnarzt ganz laut auf einen betagten Patienten einsprach: „Dann haben Sie nämlich ein Problem. Da muß man sich fragen, ob man dieses Risiko wirklich eingehen will?" Keine ermutigenden Geschichten, und der Patient, dem diese Wort galten, tat mir so leid. Ein bißchen hatte ich ja auch für mich schon schwarz gesehen. *Daß gesagt wird: „Da kommt einiges an Kosten auf Euch zu!"* Doch es war „so weit alles in Ordnung!" und so radelte ich heim. Jetzt hätte ich mich eigentlich froh fühlen müssen, doch ich fühlte mich nur halbfroh, da mir fröstelig zumute war.

Auf einer Verkehrsinsel gewahrte ich die hagere Gestalt von Buzens Spezi Herrn Wader, mit dem Buz gelegentlich kumpelig durch den Wald zu joggen pflegt. Seine deutlich jüngere und hinzu sehr zielstrebige Frau war ihm schon vorausgelaufen. Ich bin immer so nett und lade alle Leute ein, mich besuchen zu kommen, und dabei sagen die Waders eigentlich fast nur langweilige Dinge: Zum Beispiel fragen sie, wann der Musikalische Sommer losgeht und dererlei.

Daheim hatte mir das süßeste Rehlein auf Band gesprochen. Rehlein sehnte sich nach ihrer Bratsche zurück, dieweil eine langweilige Aufführung von Brahms´ Klarinettenquintett Sehnsüchte in Rehlein geweckt hatte.

Ich frug mich, ob die Christiane vielleicht ein wenig verstimmt mit mir sei, denn beim letzten Treffen hatte ich aus Versehen und ganz unreflektiert ausgerufen: „Als wir uns das letzte Mal gesehen haben, da warst du noch ganz schlank!" Etwas das man, auch wenn´s als Späßle konzipiert war, im Grunde nie wieder gut machen kann.

Ich stellte mir vor, wie wir unseren Anrufbeantworter im Stile einer XXL Familie besprechen: „Hallo, ich bin der Iwan, 19 Jahre alt, Abiturient!" „Hallo, ich bin die Franziska, 21 Jahre, und die einzige Tochter, dieser verrückten Familie." „Hallo ich bin die Erika, 44 Jahre alt, und versuche hier ein beinhartes Regiment zu führen." „Hallo (auf hessisch), ich bin der Wolfram, 45 Jahre alt, und das Oberhaupt dieser Mischpoke, und zusammen sind wie „DIE KÖNIGS!!!" und dies rufen wir alle zusammen.

Erst am Abend fiel mir ein, was ich der Christiane am Telefon sagen könne, damit sie mir wieder gut ist. Die Christine hatte mir nämlich auf Band gesprochen, da ich der kleinen Evi den Auftrag gegeben hatte, ihre Mutti zu bitten, mich kurz anzurufen. „Ich weiß nicht, was du von mir wissen willst?" sagte sie munter, aber auch unverbindlich. „Es ist ein reines Vermissungstelefonat!" könnte ich sagen, „weil du doch meine aller-allerbeste Freundin bist!" und dann wäre mir die Christiane doch sicherlich wieder gut?

Im „Buch Lübben" traf ich meine liebe Freundin Gitta mit ihrer zwölfjährigen Tochter Laura. Leider hat die Laura ein deformiertes Gebiss, mit dem sie sich fühlt wie eine Vogelscheuche. Jetzt wird von professioneller Hand an diesem Gebiss herumgebastelt, dieweil die anderen Kinder in der Schule die kleine Laura vielleicht verhöhnen und verspotten? Heute wurden bereits zwei Zähne gezogen, aber es sah immer noch verheerend aus, und am Zahnfleisch klebte von der scheußlichen Behandlung sogar noch etwas getrocknetes Blut.

„Na, das wird schon wieder!" versuchte ich frischen Mut zu schüren. „Was die Zahnärzte heutzutage alles können!"

Abends stellte ich mir vor, wie meine schwäbische Kommilitonin Margarethe bei „Frauentausch" mitmacht. Immer kann es ja wohl kaum nach dem selben Schema laufen? Daß nämlich die Familien nach 6-7 Tagen mit der fremden Frau, vor Heimweh nach der eigenen Ehefrau und Mutter fast wahnsinnig werden. Normale Familien können ein ganzes Jahr lang prima mit einer neuen Frau auskommen. Plötzlich merkt die Margarethe, die für ihre eigenen Kinder nichts empfindet, bei den fremden Kindern plötzlich, was wahre Mutterliebe ist. (Ich vor einiger Zeit: „Was empfindest du für deine Kinder?"

„Eigentlich nichts!")

Mittwoch, 21. Januar

Zart sonnig bis wunderschön

Heute träumte ich eine Groteske, die mich sehr mitnahm: *Eine schwangere Frau hatte durchs Ultraschallbild erfahren müssen, daß ihr Embryo weder Arme noch Augen hat. Eine echte Mißgeburt war somit im Anmarsch. Die Eltern sahen der Geburt wie gelähmt entgegen. Umso unglaublicher für alle, daß das Baby vollkommen gesund auf die Welt kam. Da wurde klar, daß sich irgendein Verbrecher im weißen Kittel, einfach ins*

Großklinikum eingeschlichen hatte, um das Ultraschallgerät zu manipulieren, und Angst und Schrecken zu verbreiten.

Dann wiederum träumte *ich von Charles und Camilla, und daß man sich wirklich wundern musste, daß die hormongespeiste Liebe noch nicht nachgelassen hat.*

Auch Ming war verliebter in die Julia denn je. In schönstem Sonnenschein fuhren wir in einem 40er Jahre Auto irgendwo rum. Ming brannte darauf, mich davon zu überzeugen, daß das Leben als alleinstehener Mensch unerträglich sei.

Zum Frühstück lief wie alle Tage die Hochzeitsdoku: Eine ganz spröd wirkende Frau wollte unbedingt so heiraten, wie einst Scarlett O´Hara.

Hernach gestaltete ich unsere Ansage auf dem Anrufbeantworter nach dem Vorbild von XXL Familien. Jeder durfte sich vorstellen. Rehlein sagte auf ihre schaberneckische Weise: „Herzlichen Glückstrumpf – äh, Glückwunsch! – daß Sie diese Nummer angerufen haben." Und dadurch, daß ich Buz so schlecht nachmachen kann, ließ ich Rehlein weiterplaudern: „Mein Mann ist mit seinen Schülerinnen unterwegs!" Dann flüsterte jemand: „Opa, sag doch auch was! – Finger aus der Nase!" Und der Opa Gerhard sagte auf altersbrüchige Weise: „Ich bin der Opa Gerhard – und fast hundert Jahre alt! – und zusammen sind wir **„DIE KÖNIGS!"** (Dies hatte ich extra auf Kassette aufgenommen, um es mehrstimmig auftönen zu lassen)

Dann rief Rehlein an und bekam diese Ansage zu hören. Rehlein war erheitert. „Du bist ja eine Rübe!" sagte sie nett, und lockte den, wahrscheinlich haushaltstechnisch herumwütenden Ming herbei. Ming lachte etwas gewollt, dieweil er vielleicht nicht in Stimmung war.

Heut war´s wie verhext: Immer wenn ich mir gerade einen Kaffee zubereitet hatte, klingelte das Telefon, und einmal klingelte es sogar an der Haustür. Die Marianne war´s, die sich ein wenig verfrüht hatte. Eigentlich wollte sie zum Zahnarzt nach Emden fahren, doch der Dentist wurde krank und so fiel der Termin aus.

Wir arbeiteten am letzten Satz vom Telemann-Konzert, und ich als Lehrerin agierte äußerst künstlerisch, und ging sehr in die Details. Eine Stelle sprüht vor Übermut, und so schien´s ein Unding, eben diese Stelle steif und starr zu interpretieren. Außerdem erklärte ich der Marianne den Unterschied zwischen einem Profi und einem Dilettanten: Der Dilettant spielt langgezogene, wie mit dem Lineal klingende Töne, die einengend wie eine Schreibmaschinenspule wirken.

Mitten in diese Ausführung hinein tönte das Telefon mit meiner zweifelhaften Ansage auf, und dann hörte man die Stimme von der Christiane. Gleich konnte ich ansprechend davon berichten, daß die Christiane verstimmt mit mir sein könnte, und die Marianne fand meine Anspielung auf Christianes üppige Pfunde auch happig.

Direkt nach dem Unterricht hörte ich mir Christianes Ansage unter jenem Aspekt an, Spuren von Verärgerung herauszuhören. Doch die Christiane amüsierte sich lediglich über die Ansage. „Die Christiane klingt sooo nett!" sagte ich befriedigt und machte uns einen Tee. Dazu servierte ich Snickers-Eis. Verschwörerisch, wie unter Freundinnen üblich, erzählte ich, daß die Christiane in meinen Papi verknallt sei. Mein Papi sei zwar nicht rückverknallt, aber er genießt es, endlich eine Frau gefunden zu haben, die zu all seinen Vorschlägen begeistert „Au ja!" sagt. Wenn mein Papa zu Besuch kommt, dann legt sie mehr als nur bereitwillig ihre Arbeit nieder, und wenn er sagen würde: „Komm mit mir übers Wochenende nach Paris!" sagt sie ganz unkompliziert: „Dann muß ich die Kinder nur eben bei der Nachbarin unterbringen!" und glüht vor Freude und Begeisterung wie ein frischgekaufter kleiner Ofen, der (noch) tadellos funktioniert.

Nachdem die Marianne gegangen war, schrieb ich Briefe. Der ganze ovale Tisch ist mit meinen angefangenen Briefen bebeigt, und nun begann ich einen Brief an meinen Cousin Hinnerk. Ich ging sehr in die Details, und erzählte von meinen Nachbarn, den Möllers, und ihrem wenig freudvollen Leben als Lehrerehepaar. Doch dann frug ich mich, ob ich dem Hinnerk, dem ich in 42 Jahren vielleicht zweimal geschrieben habe, durch großen Zufall das Gleiche vielleicht schonmal geschrieben haben könnte?

Als ich mir dann wieder einen Kaffee zurechtgebrüht hatte, klingelte erneut das Telefon. Diesmal war's die Marianne, die mich plötzlich so toll und künstlerisch fand, und ganz einfach Lust verspürt hatte, die lustige Ansage nochmals zu hören. Ich erzählte, daß ich immer das Gefühl hätte, der Opa Gerhard lebe hier bei uns. Bald kommt´s womöglich so, daß mich jemand frägt, ob ich wohl mal zu Besuch kommen möchte, und ich drehe mich um und rufe: „Opa!"

„Joooo?!?!" antworte ich mir selber in brüchiger Stimme.

„Kann man dich wohl mal ein paar Stunden alleine lassen?"

Dadurch, daß Mariannes Ehemann Eberhard ja bereits über vierzig ist, assoziierte ich beim Klang seines Namens einen dicklichen Herrn mit Glatze, und als ich hörte, daß der Eberhard daneben säße, versiegte meine Logorrhoe abrupt und machte betretener Verlegenheit Platz, weil ich mir einbildete, dem eher einsilbigen Eberhard ginge seine quasselige Frau nach mehreren Ehejahren mittlerweile auf den Geist. *„Wenn sie einmal einen Moment lang ein bißchen still sein könnte!"* dachte ich stöhnend mit *seinem* Kopf.

Vom Hochwürden, Herrn Kopp, war ein Brief in Ofenbach angekommen, und Rehlein las ihn mir durch´s Telefon vor. Bis zum 15. Februar hält er sich im Kloster Melk auf, und ich wollte Rehlein inspirieren, daß sie ihn besucht, oder auch nach Ofenbach einlädt, damit man in Ofenbach endlich auch mal *meine* Freunde kennenlernt. Fast alle Freunde, die ich habe, habe ich dem süßen Buz zu verdanken, und nur verschwindend wenige haben sich auf meinem Lebenspfade von alleine gebildet. „Möglicherweise wird es in meinem Leben bald ein paar Veränderungen geben!" stand im Brief des Geistlichen zu lesen, doch etwas Derartiges hatte ja der Pfarrer Günther auch geschrieben, nachdem er beschlossen hatte, den wachrüttelnden Feuertod zu sterben.

Draußen war es so reizvoll. Hie und da stand ich am Fenster und übte und einmal konnte man sogar mit ansehen, wie der maulkorbbärtige Herr von gegenüber vielleicht langsam ein wenig wunderlich wird. Er fand ein weißes Tempotaschentuch und kickte es angewidert auf der Straße herum, bis es auf dem Nachbargrundstück zu liegen kam. So, als verdächtige er die Nachbarn zur Rechten, es ihm zum Tort über die Hecke geschleudert zu haben.

Wieder kümmerte ich mich um meine Karriere. Die Pfarrerin Leu aus Eichenwalde erschien mir so unerhört zäh und kühl. Hie und da seufzte sie sogar, ohne den Pfad der Höflichkeit zu verlassen, und dann sagte sie gar: „Geige allein ist doch *sehr* anspruchsvoll!" Doch die Worte bedeuteten etwas anderes. Sie sollten besagen: „Wer um Himmels Willen soll sich denn so etwas anhören??" Eigentlich hätte man im Stile von Onkel Dölein sagen müssen: „Wissense was?! In Ostfriesland nennt man Frauen wie sie „blöde Ziege!"

Abends rief ich Frau Reichmann zu ihrem 74. Geburtstag an.

„Sie sind die Liebschde, die es gibt!" sagte Frau Reichmann und lachte laut, glockenhell und nett. Dann rief ich Rehlein an, um zu verkünden, daß heut „Didi, der Experte" läuft. Rehlein schürte soeben das Feuer im Kachelofen, während sie sich sorgenvolle Gedanken über Buz machte, denn Buz geht es nicht so gut: Herz und Lunge bereiten Probleme, und neulich fiel Buz im Rahmen eines Hustenanfalls einfach um! Worte, die mich niederschmetterten. Ich war so niedergeschlagen wie nie zuvor, da es mir plötzlich schien, als wolle der Tod vorzeitig an Buzen herumzupfen. Ist sein Kollege, der Professor Hahmann, „die Wildsau", wie man ihn respektlos hinter seinem Rücken genannt hatte, nicht auch mit nur 65 ½ Jahren etwas vorzeitig verstorben? Wie kann man einfach so selbstverständlich davon ausgehen, daß das Glück uns holder ist, als den Seinen?

Im Rahmen meiner Niedergeschlagenheit stellte ich mir auch vor, wie der alte gebeugte Herr Heike sein verkauftes Haus nochmals besucht, um Erinnerungsstücke und etwas Gerümpel abzuholen.

Donnerstag, 22. Januar

Angenehm klar und bleich. Abends sehr windig.
Vereinzelt Eiskristalle in den Lüften

Mobbls uraltes Nachtgewand, in dem ich zur Zeit stecke und meine Nächte absolviere, wird langsam brüchig. Der rechte Ärmel ist schon fast abgebröckelt. Aber ich liebe es, in diesem Textil, einem Zeugen des Jahrhunderts, zu stecken.

Heut begann ich den Tag mit großer Tüchtigkeit. Extra für die Augen der Nachbarn leuchtete ich oftmals oben am Fenster auf und versuchte, mich auf der Violine zu vervollkommnen. Jeder Ton soll sitzen, so wie in den Partituren Beethovens jede Note an der richtigen Stelle steht.

„Seht her! Es gibt nämlich durchaus auch noch einen arbeitenden Teil der Bevölkerung!" scheine ich mit diesem Anblick aussagen zu wollen. Ich bin faul und fleißig in einem, da ich ja nur sehr selten das Haus verlasse.

Heut war gar nichts rechtes los. Niemand rief an, und dabei hatte ich in der Früh doch extra eine zivile Ansage aufgesprochen, weil ich mir im Nachhinein einrede, an jenem Tag, wo der Opa Gerhard mit altersbrüchiger Stimme auf den Anrufbeantworter gesprochen habe, seien uns jede Menge Kunden abgesprungen. Spräche mich mal jemand auf diese Ansage an, so könnte ich sagen: „Ach ja. Das war nur mein Opa!" wobei das Wörtchen „nur" in diesem Falle eine Unverschämtheit wäre. Wenn aber jemand zu meinen Verwandten sagen würde: „Dort war nur der Opa zuhause!" so müssten die sagen: „Waaaaas? Der Opa Gerhard ist doch vor mehr als fünfzig Jahren gestorben?? Wer aber liegt dann auf dem Gottesacker in Grebenstein?"

Am Vormittag schrieb ich einen Brief an Ming. Um Ming zu erheitern, schrieb ich jene Episode auf, wie ich den Arthur aufs Ohr geküsst habe. Sogar ein Foto von uns im See, worauf man mitten auf Arthurs Spiegelglatze obischaun kann, legte ich zu Veranschaulichungszwecken bei.

Ming als Brieflesender fühlt sich ähnlich an wie Rehlein. Ich als Schreibende fühle mich leicht verunsichert, da man ja nicht weiß, ob der Brief den Lesenden auf der A- oder auf der B-Seite erreicht: Es könnte sein, daß Ming den Brief ganz toll findet, es könnte aber ebenso gut sein, daß er ihn ein wenig seltsam findet und sich sorgenvolle Gedanken um mich macht. Tatsächlich drohe ich wunderlich zu werden. Käme jetzt Besuch, so müsse sich der erstmal über die mit zerknüllten Briefen eingeregnete Treppe wundern. Zeugen von Wutausbrüche über die armseligen Leute, die nie schreiben, und darüber, daß man heutzutage wirklich nur noch Kotzpost bekommt! Auch heute schleuderte ich mindestens drei Kotzbriefe auf die Stiegen, nachdem ich sie zuvor durch wüste Hiebeleien am Treppengeländer völlig zerbeult hatte. Über diese Briefe möchte man im Stile von Dieter Bohlen ausrufen: „Das ist kleine, mittlere und Megascheiße!"

Sitze ich im Schaukelstuhl, der ja jetzt im Fernseh-aquarium steht, so pflege ich gedanklich meine Verärgerung und Verbitterung auf all jene Menschen, denen ich bös bin, weil sie mir auf meine Briefe nicht geantwortet haben. Genüsslich male ich mir aus, wie ich sie mit verachtungsvollem Schweigen strafe. Dann aber drehte ich den Televisor auf und schaute mir eine Doku an: Eine dicke junge Mutter hatte ihrerseits eine zierliche und braungebrannte Mutti von trockenem Wesen. Zu ihrem kleinen Enkelchen war selbige jedoch sehr nett und rief ein ums andere Mal: „Schau doch, wie süß er ist!" Sie war ganz aus dem Häuschen vor Freude, so daß man sehen konnte, daß einen die Omischaft von einer Sekunde auf die andere positiv verändert. Etwas, das sogar mit vielen Vätern passiert: Eine sehr dicke schwangere Frau hatte einen frisch angetrauten Ehemann, der grad ebenso wie einst der junge Buz viel lieber etwas mit seinen Spezerln unternahm, statt sich ihr Gejammer anzuhören.

„Er ist VER-HEI-RA-TET!" krisch die Dicke durchs Telefon, als schon wieder ein Spezerl anrief, um sich für den Abend zu verabreden. Doch der zirka 21-jährige und noch sehr unreife Ehemann Stefan griff schon fast ungestüm nach dem Hörer, dieweil er sich nichts vorschreiben oder entgehen lassen wollte.

Das Leben kam mir so verdreht vor: Es wäre doch zum Beispiel wirklich viel besser, wenn all die zerknüllte Briefe, die jetzt im Treppenhaus lagen, Einladungen zu Konzerten oder aber nette und aussagekräftige Briefe von Freunden und Verwandten wären. Und wenn es so wäre, dann dürfte ruhig auch mal ein Geschäftsbrief kommen.

Oder aber wenn Rehlein statt der vielen Jeremiaden und Litaneien, Loblieder auf den süßen Buz sänge, dann dürfte sie auch gerne mal einen Schmähgesang dazwischenschieben.

Nach meinem frugalen Mittagessen (Reste) schrieb ich einen Brief an die 80-jährige Renate Bohnke und geriet beim Schreiben gar in Glut:

Liebe Frau Renate!

schrieb ich auf tiroler Art, *Ich nenne Sie so, da Sie in meinem Renaten-Doc gespeichert sind, und wie bei fast allen Menschen wimmelt es in meinem Bekanntenkreis nur so vor lauter Renaten!...*

Heute morgen erwachte ich mit einer Eingebung von OBEN! fuhr ich schelmisch fort, *ich sollte der Renate schreiben. Doch welcher Renate war in der Eingebung nicht inbegriffen!*

Beim Schreiben kam mir sogar die Idee, ihr unsere CD vom Emder-Konzert mitzuschicken, und ich stellte mir bereits vor, wie die schöne CD in der alt und kneippig gewordenen Wohnung abgespielt wird. Sogar, daß ich ihren damals 58-jährigen Ehemann als 14-Jährige auf 88 geschätzt habe, schrieb ich ihr leicht despektierlich. *„Und wie alt wird sie sich mich wohl erst geschätzt haben?" wird sich die Renate da fragen.*

Auf dem Wege ins Fitnesstudio warf ich den Brief ein, und später beim Fitteln fiel mir noch etwas ein, das ich hätte schreiben können: Daß ich auch eine ganz blöööde Renate kenne (eine kühle Pastorenfrau auf einer ostfriesischen Insel, spröd und unnahbar)

Als ich auf dem Laufband herumhurtelte, schrieb ich der Pastorin Leu im Geiste einen Brief: Nach höflichem Beginn wurde der Brief rasch wild und

143

böse: „Wenn Sie mit „zu anspruchsvoll" meinen, es sei langweilig, oder aber, wenn sie damit zum Ausdruck bringen wollen, daß die Mitglieder ihrer Gemeinde zu unbedarft für diese von tiefster Religiosität durchdrungene Musik sind, so möchte ich Sie doch sehr an den völlig unverständlichen, halbverdauten Unsinn erinnern, den Sie Woche für Woche von der Kanzel herabpredigen!" schreibe ich geharnischt, aber am nächsten Tag kommt schon wieder ein Brief, worin ich mich in versöhnlichem Ton für meine harsche Wortwahl entschuldige. „Ich bin sonst ein sehr verträglicher Mensch, doch zuweilen passiert es auch mir, daß ich beim Verfassen eines Briefes derart in Rage gerate, daß mein Stift mit mir macht, was ER will!" schreibe ich dann nett. Na, womöglich wird sich die Pastorin mich dann merken, und bei meinem nächsten Anruf nicht in so eine versüppelte: „Ja, bitte?" Attitüde verfallen.

Auf dem Standradl mühte sich ein zirka zwanzigjähriger Beau ab. Rasend schnell, so daß das Auge kaum mehr folgen konnte, rotierten die spitz angewinkelten Beine vor sich hin. Mich beachtete er überhaupt nicht. Ich war ihm schlicht zu alt und bieder, und außerdem steht er nur auf Blondinen. Na, das kann sich ja ändern. Ich stellte mir vor, wie eine normale reife Frau ihm einen Zettel zusteckt, worauf zu lesen stünd: „Hey, ich find dich supersüß! Trifft man sich mal auf einen Drink?"

Als ich den Klub wieder verließ, herrschte draußen ein scharfes Pünktchengeschniesel. Ich stellte mir vor, *wie ich daheim zum Opa Gerhard sage: „Möchtest Du nicht mal ein schönes Bad nehmen?" Ich benehme mich wie Rehlein mit dem Opa und füge hinzu: „Ich lasse Dir ein herrliches Lavendelbad ein, und hernach gibt´s einen köstlichen Griesbrei!"*

Abends sorgte ich mich schrecklich um meinen süßen Papa, von dem es hieß, daß er heut bereits um 22.35 zu Bett gegangen sei. Etwas, das ganz und gar untypisch für den geselligen und feierfreudigen Buz ist.

Freitag, 23. Januar

Von feuchten Wolken überzogen

Im Morgengrauen dachte ich wieder in Pein und Sorge über den kränkelnden Buz nach, und wunderte mich, daß diese Gedanken in der Nacht wie weg-gepumpt waren.

Zunächst arbeitete ich für meine Karriere. Ich trug alle Orte, wo ich bereits gespielt habe, in ein lila Hefterl mit Alphabethsregister ein - mich dabei fühlend wie ein dummes Lehrmädchen, das man zwar angestellt hat, das jedoch mit der Arbeit kaum voran kommt.

Bei manchen Adressen wallte Strenge in mir auf, da die mir nie geantwortet haben, und ich legte dies als pure Faulheit aus.

Beruflich habe ich demnächst mit drei jungen Herren zu tun, und da 2004 angeblich mein Glücksjahr sein soll, könnte es immerhin sein, daß ich mich doch noch verliebe und beispielsweise in Oelsnitz/Vogtland kleben bleibe - der Liebe wegen! Ferner lerne ich den Kantoren Mettlitzky in Wittstock/Dosse kennen (dunkelhaarig, im Vollbesitz seiner Frisur, Brille, schlank, 32 Jahre alt). Dann auch noch den sympathischen Bayuwaren Herrn Krickay, der gestern am Telefon so nett gesagt hat, er sei sehr offen, und könne sich vorstellen, die Werke, die ich vorgeschlagen habe, sensibel zu begleiten.

In den Pausen schaute ich einen Film über drei junge Mädchen an, die einen Herrn unter Drogen gesetzt haben. Bei diesem freveligen Treiben wurden sie vom Vater der einen erwischt. Und dieser Vater war so unangenehm feldwebelig und streng und pflegte immer ganz genaue Zeitangaben zu machen. „Abfahrt halb neun!" sagte er beispielsweise in einer Bärsche, die keinen Wiederspruch vertrug.

„Da bin ich doch wirklich gut bedient mit meinem süßen Buz!" dachte ich wehmütig. Mir trat so viel in den Kopf, was ich Buzen Nettes und Aufmerksames sagen könnte: Zum Beispiel, daß ich mich fühlen würde, wie Kathi Lanner, die Tochter des großen Komponisten, die zu einem Herrn, der neben ihr im Konzertsaal saß, gesagt habe: „Sie dürfen reden, so lange Strauß gespielt wird. Aber wenn der Lanner gespielt wird, dann müssen Sie schweigen!"

Trotz allem war Buz wieder in die Hochschule gereist. Wegen seiner abtrünnigen Gesundheit wollte er heut den Doktor Wollheim in Steißlingen aufsuchen, und ich wunderte mich sehr, daß der noch lebt, und schätzte ihn auf neunzig Jahre!

Später schaute ich wieder „Meine Hochzeit": Eine Dame hatte sich etwas Lustiges einfallen lassen, so daß ich laut und ergötzt lachte: Sie ließ ein Filmchen von sich drehen, worin sie ihrem Freund einen Heiratsantrag machte, und dies´ Filmchen ließ sie einfach im Werbeblock im Kino ausstrahlen. Als sie mit ihrem Freund im Kino saß, wurde plötzlich dieser kleine Film dazwischen geblendet.

Auf dem Tisch liegen derzeit so viele ange-schriebene Briefe herum. Keiner kommt los, und es werden immer mehr - zum Teil sind sie sogar an gänzlich entfernte Bekannte gerichtet, die wirklich überhaupt nichts erwarten. Zum Beispiel wollte ich endlich mal dem Heinz-Werner Zimmermann, einem alten Freund Mobblns, einen Satz schreiben, den ich mir bereits vor fast fünf Jahren für ihn zurechtgelegt habe: „Darf ich Sie Heinz nennen?" Dies hatte Mobbl in ihrem letzten Brief, nur wenige Tage vor ihrem Exitus, geschrieben, und Heinz-Werner Zimmermann schrieb verzückt zurück: „Aber sicher dürfen Sie mich Heinz nennen!" Und nun ruht diese schöne Erlaubnis einfach wie Schneewittchen im Sarg, und modert ungenutzt vor sich hin. (Dies wollte ich ihm dichterisch darlegen)

Mittags radelte ich in die Ostfriesische Landschaft, um Noten für Herrn Krickay zu kopieren. Ich fühlte die aussaugende Wirkung eines solch sperrigen Vorhabens so überdeutlich.

Mein Anliegen trug ich einem Herrn, der in einem Raum mit unzähligen Aktenordnern saß, äußerst umständlich und verwinkelt vor. Besser wäre es unzweifelhaft gewesen, ich hätte mürrisch und im Vorübergehen gesagt: „Muß mal rasch kopieren!"

In der Zeitung las ich, daß in Leer ein 17-jähriges Fräulein an der Grippe starb, und dabei handelte es sich nicht einmal um eine besonders schwere Grippe (Influenza A). Morgens war man noch guter Dinge, und abends musste man sich bereits mit dem überraschenden und gewiss nicht eingeplanten Exitus der Tochter des Hauses auseinandersetzen. Ferner las ich in einem Journal, daß Prinz Haakon von Norwegen aus psychologischen Gründen eine riesengroße Feier zum Geburtstag seines siebenjährigen Stiefsohn Marius´ veranstaltet hat. Vor wenigen Tagen hat der Marius ein kleines Schwesterchen bekommen, und nun solle er sich nicht zurückgesetzt fühlen. Die neue Prinzessin heißt Ingrid Alexandra, und ich versuchte mir bildhaft vorzustellen, ob wir deren Krönung wohl noch erleben? Doch ich konnte es mir nicht vorstellen. Wenn alles nach heutigen Gesetzten, sprich, den neuesten Erkenntnissen, vonstatten gegangen wäre, müsste ihre Kusine Maud später Königin werden, und ich stellte mir vor, wie der Haakon den Marius adoptiert, und es mit aller Härte durchsetzt, daß DER mal König von Norwegen wird, obwohl er nur von einem simplen Diskobesucher gezeugt worden ist, der hinzu gar nichts davon weiß? („Sie war eine Nummer wie jede Andere auch!")

Prinzessin Mette-Marit findet ihren alten Vater lästig, und möchte den Kontakt am liebsten ganz abbrechen, da er ihr peinlich ist, und sie doch jetzt in völlig anderen und feinen Kreisen verkehrt. Grad so wie die dumme Klarinettistin Christiane Tschoch, die einen Millionärsschnösel heiratete und in der Gesellschaft aufstieg. Sie wollte nicht, daß ihre Familie zur Hochzeit kommt, da dies doch nicht mehr ihre Welt ist.

In der Landschaftsbibliothek hatte ich die Ostfriesischen Nachrichten vom September 1978 geordert, die um 17 Uhr geliefert werden sollten. Überpünktlich lagen sie da und warteten auf mich. Ich gab mich ganz dem Stöbergenuss in der Vergangenheit hin. Draußen dunkelte es bereits vor sich hin und ich empfand diese Bibliothek mit den hohen Fenstern als außerordentlich gemütlich. Tatsächlich wurde der unfassbare Flammentod vom Pfarrer Günther bereits auf der ersten Seite thematisiert, und in den Ostfriesischen Nachrichten stehen immer so viele Details, da es sich um ein äußerst detailversessenes Blatt handelt, das sich sehr gut darauf versteht, das Unfassbare plastisch darzustellen. Man las, daß der Geistliche 41 Jahre alt war und sich sehr einsam fühlte. Einsam unter Andersdenkenden – so wie ich in der Musikhochschule. Schon seine Mutti hatte sich in jungen

Jahren das Leben genommen, und als er ihr einige Jahre später gefolgt war und begraben wurde, gab es überhaupt keine Anverwandten, die um ihn trauerten. Auch der Vater war bereits gestorben.

Samstag, 24. Januar

Schneefall. Sagenhaft zauberische Dämmerstund

Heut erhob ich mich früh, da ich gelobt hatte, Hendrik und Evi bei Jugend Musiziert anzufeuern und mitzufiebern. Ich hatte etwas angestrengt geträumt, daß ich *in einem trostlos und schäbig anzusehenden Konzertsaal ein direkt ungezogenes Gedöns machte, daß ich unbedingt neben Rehlein sitzen wollte. Und dabei saß mir zur Rechten doch ein junger Mann aus Norwegen, der sich davon sicherlich leicht gekränkt und vor den Kopf gestoßen fühlte. Als ich schließlich neben Rehlein Platz genommen hatte, musste ich plötzlich zerknirscht darüber nachgrübeln, daß ich doch eigentlich aus dem Alter heraus sei, wo man sich solche Ungezogenheiten und Infantilitäten noch erlauben darf. Ob ich die Gefühle des jungen Mannes womöglich mit Füßen getreten habe?*

Dann erhob ich mich. In der Nacht hatte sich eine musikalische Sendung, die „E-Musik-gemäß" tief in der Nacht lief, auf eine Kassette gesogen („Das ist doch sehr anspruchsvoll!"). Frank-Peter Zimmermann spielte im Kloster Andechs Werke von Bach und Ysaye auf seiner Violine. Zuvor war mir vor dem Anblick direkt ein wenig bang, da ich von der Befürchtung gestreift wurde, der einst so sympathische und frische junge Mann könne in der Zwischenzeit alt, fett und hässlich geworden sein; doch er schaute noch immer aus wie damals als 15-jähriger Bub, als wir ihn ganz verzückt im Fernsehen kennen- und lieben lernen durften. Ich finde, er sah sehr nett aus, und wirkte in seiner Art, die unbeholfenen Fragen eines Herrn mit Schnauzbart zu beantworten, äußerst liebenswert. Dann klemmte er sich die Violine unters Kinn und begann mit der Darbietung von Ysayes Ballade, einem geigerischen Bocksprung für junge aufstrebende Violinisten. Er spielte sehr kraftvoll, und so manch einen „letzten Ton" rupfte er mit überzeugend magnetischem Schwunge ab, so daß es gewiss auch Buzen gefallen hätte. Etwas, das ich wiederum nicht so zu bedenken pflege, aber dafür ließ er den Schmerz der Musik nicht so nah an sich heran, wie ich. Dazu ist er eben nicht der Typ, so dachte ich.

Ich radelte in die Stadt. An einer Stelle beobachtete ich, wie ein junges Mädchen einen Computerdruck an einen Straßenlampenstengel klebte. Darauf stand zu lesen, daß zwei tierliebende Schülerinnen sich wünschen würden ein Hündchen auszuführen.

Ich dachte an den Opa Gerhard daheim, und malte mir beim Weiterradeln aus, wie ich dort anrufe und frage, ob sie vielleicht auch einen alten Opa ausführen würden? „Ich lebe mit meinem 98-

jährigen Opa zusammen, und soll andauernd mit ihm spazieren gehen!" Dafür dürften die drei Mädchen dann immer Kakao bei mir trinken.

Zu diesen seltsamen und weltfremden Gedanken fuhr ich am Alten Bahnhof vor, wo der Wettbewerb stattfinden sollte. Ich hatte mir ausgemalt, daß es einen Wahnsinnsandrang gibt, und der Saal gerappelt voll wäre, doch der Cellowettbewerb fand lediglich in einem größeren Kursraum statt. Beide Omas der Kinder waren erschienen, und sahen je ganz verklärt und verzückt aus – und dies bereits, bevor die erste Note ertönt war.

Die kleine Evi spielte sehr ernsthaft an einem Werk von Martinu herum, wo sie - von Mutti Seidl auf volkstümliche Weise am Klavier begleitet - möglichst passend drüber gestülpt, leere Saiten streichen mußte.

„Es schnahait!" rief der kleine Hendrick in eine Generalpause hinein begeistert, und die Köpfe wandten sich kurz von der kleinen Evi ab, und schnellten dem Fenster zu.

„Gilt das schon?" frug ich Mutti Christiane, neben der ich Platz genommen hatte, einfältig, da die Juroren, von denen eine Dame gar aus Wilhelmshaven angereist war, sich noch gar nicht versammelt hatten.

Hauptsächlich saßen Omas und Opas herum. Doch die kleine Evi nimmt das ganze Leben sehr, sehr ernst, und spielt demgemäß mit solch großem Ernst, als ginge es „um die Wurst". Einmal stürmte Frau

Seidls mittlerweile halbwüchsiger Sohn Martin auf moderne Weise sogar auf einem Roller in den Saal.

Nein, dies alles galt noch nicht, denn erst nach einer Weile erschienen vier gestrenge Juroren, die die Ausstrahlung des jüngsten Gerichts mit in den Raum trugen. Zwei von denen kannte ich bereits. Musikschulleiter Seybold und den Statdtmusikanten, Herrn Baier. Ein dritter Juror schaute für das ungeübte Auge aus wie ein weiterer Aufguss vom Musikschulleiter Seybold: Die gleiche quadratisch angelegte Frisur, und auch der Zwicker auf dem Nasenrücken schien vom selben Optiker angefertigt. Der Musikschulleiter machte eine kleine Ansage mit einer leider sehr verspannt und gequetscht klingenden Stimme, die ihn nur wenig sympathisch erscheinen ließ. „Eva-Maria, du spielst..." (scheinbar gütig - und doch für ein kleines Mädchen unangenehm furchteinflößend)

Ich dachte darüber nach, daß alle Juroren Patienten der Zahnarztpraxis von Evis Opa sind, und wenn sie seinen Enkeln nicht den ersten Preis verleihen, dann bohrt er ihnen beim nächsten Besuch womöglich ein tiefes Loch in den Zahn?

Im Anschluß spielte der kleine Hendrik ein Cellokonzert von Kummer. Er vibrierte ausufernd, und wechselte gekonnt die Lagen, so daß meiner Schülerin Frau Linke vor Staunen der Hut hochgegangen wäre.

Die kleine Evi zuvor hatte ganz vergessen sich zu verbeugen, obwohl alle so nett applaudiert hatten. Beim Hendrik applaudierten sie sogar direkt prasselnd, und der Hendrik nickte dazu kurz angebunden mit seinem kleinen Kinderhaupt, dieweil er schon viel reifer ist als seine unreife kleine Schwester. Schad fand ich, daß beide Kinder von Noten spielten, so daß sie dem Betrachter mehr oder minder hinter dem Pult verborgen blieben, und man gar nicht gescheit sehen konnte, wie sie für uns arbeiten.

Doch der Wettbewerb ging weiter: Nun präsentierte sich ein 13-jähriger Jung-Kontrabassist, der sich sehr ungeschickt hinstellte, so daß man ihn nur von der Seite sah.

Schad fand ich auch, daß Jugend Musiziert noch immer nach dem selben verstaubten Muster von vor 41 Jahren abgehalten wird. Viel lustiger wäre es gewesen, man hätte sich von „Deutschland sucht den Superstar" ein bißl was abgekupfert. Die vier Juroren sollen ein kritisches „Statement" abgeben, und das Publikum entscheidet per Händi, wer gewinnen soll.

Der Musikschulleiter mit seiner Schwäche für ganz junge Mädchen hätte vielleicht gesagt: „Eva-Maria, so vor Publikum bist du noch ein bißchen unsicher, aber ich habe dich ja in der Probe gehört, und da warst du echt granatenmäßig!"

Dann stellte ich mir noch vor, wie einer der Juroren in die Rolle von Dieter Bohlen schlüpft: „Wir haben heut kleine Scheiße, mittlere Scheiße und MEGA-Scheiße gehört!"

Ich dachte an Herrn Bloser, der dieser Tage bei Jugend Musiziert in Stuttgart juriert, und von seinen

Lippen, mit schwäbischem Einschlag, vorgestellt hören sich diese Worte noch viel lustiger an. Ich hatte gemeint, ich müsse nun höflichkeitshalber bis um viertel nach elf dort ausharren, doch einmal gab´s einen Publikumsaderlasstumult, und dem schloss ich mich an. Allerdings hatte ich meine Handschuhe vergessen.

Im verschneiten Aurich tätigte ich meine Samstagseinkäufe.

„Ich habe Sie vermisst!" sagte der österreichische Optikermeister Max Strecker nett, doch da ich ja immer nur eine Drei-Monats-Packung Kontaktlinsenwischwunder kaufe, sieht man sich nur viermal im Jahr.

Neben der Sparkasse hat ein neues Caféhaus eröffnet. Ich dachte über den Wettbewerb nach: Daß es nett und modern wäre, wenn im Anschluß an den Wettbewerb noch ein weiterer Wettbewerb veranstaltet würde: „Juroren juriert!" Johannes Seybold Altersgruppe XXL.

Hernach fuhr ich zum Samstagstreff im Hause Schütt. Bei meiner letzten Fahrt zum alten Fritz hatten mir ja Fantasien über die Großmanns den Weg verkürzt, doch jetzt traten mir keine mehr in den Kopf.

Sehr freundlich wurde ich vom Hausherrn empfangen. Heut war bloß seine Tochter Gitta da, und die Gitta freute sich unglaublich, mich zu sehen. Mir gefällt es so sehr, daß diese Familie nach einem strikten, wohldurchdachten Wochenplan lebt. Die erfreute Gitta, die bereits auf ein angestrengtes Miteinander eingestimmt war, rief bei ihrem Mann an, um zu verkünden, daß es heut woul etwas später würde, und am anderen Ende der Leitung hörte man eine hohle tiefe Männerstimme. Ich hatte *gemeint*, es sei ihr Mann, der Studienrat, doch in Wirklichkeit war es nur ein alter Freund - frisch geschieden -, mit dem sie sich im Twardokus verabredet hatte, und der bereits leicht verfrüht dort saß, weil er es nicht mehr erwarten konnte, die Frau seiner Träume endlich wiederzusehen.

Die Gitta hatte samstagsgemäß bereits mit ihrem Bruder Rudi in Amerika telefoniert, und der Rudi sei schon bald nach Telefonatsbeginn ins Philoso-phieren geraten. Die Gitta findet es toll, daß ihr Bruder so unglaublich tiefsinnig philosophieren kann, doch über was genau er philosophiert hatte, vermochte sie gar nicht recht zu sagen, weil sie mehr auf den Klang seiner Stimme, denn auf den Inhalt seiner Worte geachtet hatte.

Mir brannte eine andere Frage auf der Seele: Wie es wohl Gittas kleinem Töchterlein ginge? Die kleine Laura war neulich bei der Konfirmandenfreizeit, wo man auch hätte übernachten sollen. Doch die anderen Kinder verspotteten sie wegen ihrem Überbiss, und so rief sie Mutti Gitta auf dem Händi an, und bat wieder abgeholt zu werden, da man ihr mit höhnischen und kränkenden Bemerkungen die Suppe versalzen hatte. Zwei Erzieherinnen hatten darüber gesprochen, daß die Zahnärzte mal ihr

Handwerk besser lernen sollten. „Die kriegt doch nie einen Mann ab!" hieß es verdeckt, und außerdem seien die Zahnärzte sou teuer, daß man dererlei vergessen kann.

„Wenn er sie wirklich liebt, so sieht er das gar nicht!" habe sich eine weitere Erzieherin lieb um Schadensbegrenzung bemüht. Doch nun hat die kleine Laura andauernd das Gefühl, alle Leute tuscheln und zeigen heimlich mit dem Finger auf sie. Auch die Erwachsenen können mit ihrem Entsetzen nicht hinterm Berg halten, wenn sie die Kleine sehen. Die Kleine tut mir so leid. „Wenn ich drei Wünsche frei hätt, so würd ich einen davon ihrem Zahnbild weihen!" dachte ich noch.

Dann ist die Gitta gegangen, und ich saß mit Herrn Schütt alleine da, während vor dem Fenster ein Schneewirbeltornado ausbrach. Binnen Minuten versank der Garten bis zur Unkenntlichkeit im Schneepürée. Herr Schütt begann zu politi- und philosophieren. Ich hörte nur mit einem Ohre hin, und fast alles, was ich hie und da einwarf, um nicht gar zu unhöflich zu scheinen, klang - einmal gefallen - etwas linkisch und unbeholfen, doch dies ist der alte Herr von seiner Tochter her ja schon gewöhnt. Schmerzlich spürte man die Barriere zwischen Mann und Frau, und ich hätte doch so gerne kluge und geistvolle Dinge von mir gegeben. Dann holte Herr Schütt den Aktenordner, den er für seinen Freund Neidhardt angelegt hat, herbei.

Erst gestern hat er seinem sterbenskranken Freund, von dem man derzeit nichts hört, und der vielleicht *heute* am Herzen operiert wird, einen hilflosen Ermutigungsbrief geschickt, dessen Abschrift er mir nun zeigte. „...das Klavier muss aber deshalb nicht verkauft werden. Da helfe ich mit!" schrieb er warm und entpuppte sich einmal mehr als wahrer Freund. Er fuhr in seinen Ausführungen fort, und erzählte von Frau Osterkamp, die ihn nicht mehr grüßen würde. Es handelt sich um die Nämliche aus seiner Reisegruppe, die den Neidhardt verdächtigt, sie böswillig geschlagen zu haben, und dabei war es im juristischen Sinne doch bloß eine leicht gönnerhafte Wangentätschelei. Frau Osterkamp hat eine rabenschwarze Wellenlänge zum Neidhardt, und bemühte gar einen Rechtsanwalt.

Später erzählte Herr Schütt detailliert, wie seine Grete starb: Das Unglück begann am 3. Februar 2000 um Punkt 15 Uhr. Da nämlich bekam die brave Grete vom Dr. Schlohtwinkel eine Spritze ins Knie gejagt. Sie bekam einen Schock, und von diesem Schock löste sich ein bis dahin friedlicher Gallenstein und verursachte eine Bauchspeicheldrüsenentzündung, an der sie am 28.2. schließlich verstarb!

Ich verabschiedete mich. Die Heimfahrt mit meiner prallen Einkaufstüte durch meterhohen Schnee war mir äußerst ungemütlich. Wieder hatte ich meine Handschuhe vergessen, doch der aufmerksame Herr Schütt brachte sie mir bald darauf.

Daheim schaute ich den Videofilm mit Frank-Peter Zimmermann weiter. Begeistert sprach der junge Mann - vielleicht ein wenig unbeholfen in der

Bildherbeibeschwörung: „Das ist so, als würde man den Mont Everest besteigen, oder aber den Kölner Dom nachbauen!"

„Die Chaconne und Beethovens Violinkonzert – dafür lebe ich!" sagte er auf seine griffige, ehrliche Art.

Als es schon beinahe dunkel war, stapfte ich noch zum Supermarkt. Auf dem Wege dort hin stellte ich mir vor, wie Herr Bloser als Juror das Cellospiel von Hendrik und Evi kommentieren soll, und *nun unglaublich kritische Worte drum macht. Die kleine Evi schluchzt und weint und will nie wieder Cello spielen, und für viele Kinder ist´s ein echter Schock. Herr Bloser bekommt sogar einen Prozess an den Hals: Vielen Kindern habe er die Freude am Musizieren für immer genommen. Doch Herr Bloser verteidigt sich. „Ich sehe mich als Anwalt der Musik!" sagt er, „es geht nicht an, daß Werke von Martinu und Kummer einer breiten Öffentlichkeit derart fehlinterpretiert und dilettantisch vorgeführt werden!"*

Daheim wollte ich Schnee schippen, doch kaum schippte ich los, da ist die Alexandra gekommen, die heut den ganzen Tag lang interessiert den Jugend Musiziert Geigern gelauscht hat.

Die Alexandra spielte mir den ersten Satz von Prokofieffs völkerverbindender Solo-Sonate vor. Ein Werk, das der Komponist absichtlich so gesetzt hat, daß es auch von Amateuren und sogar Dilettanten einigermaßen gewuppt werden kann, da es der Völkerverständigung dienen soll. Wenn junge Geiger aus zwölf Nationen das Werk synchron spielen, so klingt es überraschenderweise ganz sauber, auch wenn die meisten davon sehr unsauber spielen. Doch der richtige Ton setzt sich im Gesamtklang einfach durch. Ein Naturphänomen.

Ich fand meinen Unterricht nicht toll. In Buzens Sinne versuchte ich dem Girl Finessen der Fingeraufklappskunde zu vermitteln. Doch Buz kann dies viel besser als ich, und so fühlte ich mich wie der Bruder Lustig einst, als er genau aufpasste, wie der Heilige Petrus die verstorbene Prinzessin wieder zum Leben erweckt hat. Aber beim Bruder Lustig funktionierte es einfach nicht.

Schließlich klingelte Alexandras stets frische und fröhliche Mutti – noch ganz erfüllt vom Wettbewerbsgeschehen. Wiebke Albers - Altersstufe VI - (ein Novum in den Jugend-Musiziert-Statuten, da 19- bis 20-Jährige nur im Ausnahmefall noch vom Jugendstrafrecht profitieren), hatte die Symphonie espagnole von Lalo derart fantastisch dargeboten, daß die Anwesenden in Schnappatmung verfallen waren. Das Werk hatte Mutti Schlecker begeistert! „Je älter die Geiger werden, desto ausdrucksstärker spielen sie!" freute sie sich.

Dann warense weg. Ich tat ganz lang nichts Sinnvolles, weil die Dämmerung so zauberisch war, daß man die Lichter nicht einschalten konnte. Als es jedoch dunkel war, schaltete ich das Deckenlicht wieder ein, dichtete und übte.

Am Abend schaute ich in RTL+ einen Film, der nach amerikanischem Muster gestrickt war, so daß man immer vom Gefühl begleitet wird, die

Handlung spiele in Amerika: Mit schlechten Schauspielern von der Stange und einer in filmische Breite gebügelten Groschenromanhandlung. Von einem Ehepaar, das einen erbitterten Rosenkrieg führte, und keinen Sensor dafür zeigte, daß die fünfjährige Melanie daran zerbrach.

Sonntag, 25. Januar

Klar.
Vormittags Sonnenschein,
der mich allerdings eher deprimant stimmte.
Ab Mittag unauffällig hellgrau

Am Morgen quälten mich die üblichen Ängste einer reifen Frau: Zu dick, alt und einsam, die Eltern werden alt...kurzum: Man härmt sich über das Unaufhaltsame.

Dann träumte ich allerdings so allerhand: *Daß mir zu Ohren gestiegen war, daß Robert Schumann schon noch lebe, ebenso wie Johannes Brahms, der vor kurzem geheiratet habe. Zusammen mit seiner frisch angetrauten Ehefrau zog er in ein wunderschönes Haus an einem Straßensaum, der mit geschmackvollen Laternen gesäumt war.*

Am Vormittag schien zunächst niemand an mich zu denken, dann aber klingelte unser wahrer Freund

Herr Berke durch, nur um kurz zuf fragen, ob alles laufe?

Und außerdem schreibt mir meine Freundin Thekla jeden Tag eine Mail. Die Thekla, sittsam, anmutig und liebreizend, von feinem Duft umschwebt, kommt mir immer vor wie eine Dame aus einer anderen Zeit. Wahrscheinlich kann sie es nicht fassen, daß ich unverheiratet bin. Über Herrn Bloser schrieb sie gar, daß sie das Gefühl habe, es könnten sich zarte Bande bilden, doch Herr Bloser hat auf meinen Brief zur Stund noch nicht geantwortet, und wird dies wohl auch kam noch tun – wozu auch? Mit den Frauen hat er bislang keine dollen Erfahrungen gemacht. Er hat lieber seine Ruhe und arbeitet. Das allein bringe ihn vorwärts.

Dann rief ich aus Einsamkeit die Christiane an:

Ich erfuhr, daß die Evi 21, und der Hendrick gar 23 (von 24 möglichen) Punkten erhalten hat. Beide Kinder bekamen den ersten Preis, allerdings sind sich die Eltern darin einig, daß der Unterschied zwischen Hendrick und seiner kleinen Schwester, die ihm eher unbeholfen denn musenbeküsst nacheifert, mehr als nur zwei Punkte beträgt. „Einen Punkt hat sie wohl für ihre süße Stupsnase bekommen!" sagte Mutti Christiane lose. Hinterher habe man die kritische Beratung aufgesucht. Herr Baier habe die kleine Evi überschwenglich gelobt, während er beim Hendrick ein paar kritische Bemerkungen fallen ließ. Den vierten Finger würde er viel zu krumm aufsetzen, was zur Folge hätte, daß so manch ein

Ton etwas mager klingt, und hinzu im Intonatorischen ein wenig verrutscht.

Je besser die Kinder spielen, desto höher der Bedenklichkeitspegel bei den Erwachsenen, erläuterte ich meiner Brieffreundin Thekla später schriftlich.

Ferner rief ich endlich mal wieder Theklas große Schwester Monika an, von der es heißt, das Glück sei ihr nun endlich hold gewesen: Ein neuer Freund! Selbiger hob den Hörer ab und klang so frisch und freundlich, daß ich der Monika später ein nettes Kompliment über ihren Fang machte. Er habe wie ein 19-jähriger geklungen! („Omi, du siehst aus wie 16!")

Eigentlich hatte ich angerufen, weil ich von der Tante Thekla erfahren hatte, daß Monikas Söhnchen Mats, ein dicker, träger Junge, zu seinem Vater ziehen will. Aber ich hatte vergessen, wie eisern konsequent und unerbittlich die Monika sein kann. Ich wollte ihr Mut machen und erzählte von meinem Vetter Riffi, der auch einmal bei seinem Vater leben wollte, und nach einer Woche bereits genug von ihm hatte.

„Sicher steht er in einer Woche wieder auf der Matte!" schürte ich, wie ich hoffte, Frohsinn, doch da sagte die Monika auf unerbittlich strikte Weise in Friesenlogik: „DAS gejt nicht mehr! Umentscheidungen gibt es bei mir nicht. Entweder sou oder sou! Anders gejts nicht!"

Dann rief ich meine alte Kommilitonin Ute M. an, um mich über den bevorstehenden Segen auszutauschen. Die Ute klang fröhlich und vergnügt, dieweil die Molesten der frühen Schwangerschaft mit einem Schlage vorbei sind. (Die allmorgendliche Übelkeit) Üben kann sie auch noch, bevor dann die Gitarre im letzten Schwangerschaftsdrittel womöglich splittern könnte, hahaha! Martin, ihr sonniger Ehemann, handwerkelte soeben im Hobbykeller, und das kleine Söhnchen Julian stand fasziniert daneben. Ganz aufgeregt vor Freude berichtete die Ute, daß ihr Schwester heirate! Martins Bruder hat mittlerweile auch eine reizende Freundin, und eine Tante vom Martin wird demnächst 80 – und dies alles, wo doch die Ute so gerne feiert.

„Man soll die Feste feiern, wie sie fallen!" pflegt sie zu sagen.

Utes Leben kam mir so reichhaltig vor, und ich, an der Telefonnabelschnur hängend, fühlte mich wie ein debiler Zaungast am Rande der blühenden Arena des Lebens, wie Ming in einem Brief einmal so köstlich und treffend formuliert hat.

Gegen drei Uhr besuchte ich den Friedhof. Natürlich hätte ich auch Frau Saathoff besuchen können, doch mit ihr bin ich leicht verstimmt.

„Eine alte Frau. Voll und ganz in der Rückblicksphase steckend. Das hat keinen Zweck!" dachte ich im Sinne Mings, der es nicht so gerne sieht, daß mein Freundeskreis nur aus Senioren, Moribunden und Hochmoribunden zu bestehen scheint. Dies dachte ich, während ich die Grabreihen abschritt.

Wenn Ming das wüsste! Nicht nur aus Moribunden und Hochmoribunden – sondern offenbar auch aus Verstorbenen!

Ming hat lieber mit frischen jungen Leuten zu tun, die mitten im Leben stehen.

Als ich auf dem Heimweg an dem Zettel mit dem Hündchenausführungsangebot vorbei lief, dachte ich mir auch etwas aus: „Einsame Seele sucht jemanden, der ein bis zweimal die Woche mit ihr ins Caféhaus geht." Und dann dachte ich mir aus, wie Ute M. diesen Zettel wohl formulieren würde:

Für Gespräche über Gott und die Welt.
Egal ob Männlein oder Weiblein.
Interessenten bitte unter 4809 melden.

Gegenüber der Ostertor-Apotheke radelte der Klavierlehrer Waldemar Derich und nickte mir nur stumpf zu, obwohl ich meine ganze Freundlichkeit gebündelt hatte, und ihn regelrecht angestrahlt habe. Beim Weiterradeln stellte ich mir vor, wie ich ihn anrufe und bekümmert darauf anspreche.

„Ich wollte Sie schon immer mal zum Tee bitten!" könnte ich ihn beschämen. „Ich weiß doch, wie einsam und unglücklich Sie sind!"

Als ich wieder daheim war, schloß ich die Tür auf und rief: „Opa! Ich bin wieder da! Niemand angerufen?"

Tatsächlich hatte niemand an mich gedacht, und das rote Licht am Anrufbeantworter zwinkerte mir auch nicht zu.

Einmal rief Rehlein an, um froh zu verkünden, daß der süße Buz soeben heil in Ofenbach eingetroffen sei. Buzen geht es etwas besser, obwohl Onkel Dölein in der Ferne schon auf SARS getippt hatte, so daß Rehlein bereits außer sich vor Sorge war.

Montag, 26. Januar

Neblig

Heute *fiel Ming* im Traum *in seiner zweiten Mathematikprüfung, sprich, der Gnadenprüfung, durch, so daß wir es auf leicht belustigte, fassungslose Art nicht fassen konnten. Aus der Traum vom Abitur!*
Was ich im Einzelnen so tat, weiß ich schon gar nicht mehr. Mal schuftete ich für meine Karriere, dann wiederum versuchte ich in Briefschreibeschwung zu geraten. Immer mehr lose Blätter türmen sich auf dem Eßtisch, doch fertig wird nur ganz selten einer.
Ich stellte mir *das Entsetzen der Familie vor, wenn ich mich mit Waldemar Derich liierte, und wie „der Karpfen" mit seinem weißgewordenen Haar jetzt einfach so bei uns rumsäße. Dann melde ich uns zwei zur Hochzeitsseifenoper an, und der verschwiemelte Klavierlehrer darf vor der Kamera schildern,*

wie wir uns kennengelernt haben: „Jahrelang haben wir einander immer bloß unverbindlich zugenickt. Doch dann hat Sie die Initiative ergriffen. "

Ich telefonierte mit Frau Schmitz-Hübsch, einer Dame, die eine sehr wichtige Rolle im Flensburger Konzertleben spielt, und womöglich keine Zeit für mich hat, wie ich schon beim Wählen bang gemutmaßt hab. Von mir war sie jedoch irgendwie angetan, und vielleicht kommt sie in unser Konzert nach Niebüll. Womöglich weil ihr meine nette Stimme gefällt?

Beim Üben beobachtete ich die Frau Bildschirmschonerin, die aus dem Hause getreten war. Seit Jahren sieht sie gleich aus, und wird von ihrem Hündchen umtrippelt. Leider kommt man diesen Leuten irgendwie nicht näher. Nur unsere Biotonnen stehen eng aneinandergeschmiegt am Straßenrand, als wollten sie damit aussagen: „Tomodatschi des!" (Japanisch. Frei übersetzt: „Ich sei, gewährt mir die Bitte, in Eurem Bunde der Dritte)

Als der maulkorbbärtige Herr hinzu trat, schob er unsere mittlerweile wieder alleinstehende Biotonne um zwei Zentimeter zur Seite, so als würde er vielleicht unmerklich verrückt werden.

Die trübsinnige Frau Osterkamp, die immer nur das BÖSE in ihren Mitmenschen zu erkennen glaubt, hätte jetzt das Fenster aufgerissen und gerufen: „Was machen Sie denn da mit unserer Tonne???"

Beim Auslosen kam ganz oft „Haushalt" dran, und ich geriet in Küchenaufräumungsschwung, obwohl ich mir einbildete, Rehlein sähe dies nicht so gerne. Doch ich fühlte mich dabei wie im „Frauentausch". Wie jemand, der einen fremden Haushalt mit seinen Weisheiten und Erfahrungen umgestalten möchte, ohne daß dies der Frau des Hauses recht wäre.

Am Nachmittag radelte ich in den immer dichter werdenden Nebel hinaus. Mein Weg führte mich zunächst zum Carolinenhof. Die Lichter der Autos stachen geheimnisvoll aus der Nebelsuppe heraus. Zunächst besuchte ich den Fotoladen.

„Petra!" rief eine neue Bedienstete, die sich von den vielen Kunden überfordert fühlte, und ich stellte mir vor, wie ich zu der diensteifrig herbeistürmenden Kollegin sage: *„Hallo Petra! Erinnerst du dich noch an mich?" und damit den Grundstein für eine Freundschaft lege, die aber leider auf Trug aufgebaut ist.* Bei der Petra handelte es sich um jene dicke Dame, die ich schon kannte, und die mich immer an ein Nilpferd erinnert.

Ich dachte über Angela Merkel nach: So lang - viel zu lang - steckt sie schon im Gewand der glanzlosen, tranig-trüben Politikerin fest, und findet, ebenso wie Waldemar Derich, nicht aus dieser unbefriedigenden Rolle heraus. Jetzt stellte ich sie mir bei „Beckmann" vor, und wie sie plötzlich fröhlich und plaudersam sagt: *„Ick hab nur eenen Wunsch für den heutigen Obend: Einmal eine Stunde lang kein Wort über Politik. Es gibt Spannenderes: Meinetwegen auch meine Frisur!"*
Ich fuhr an der Partnervermittlung „Taiga" vorbei, die sich neben der Ostertor-Apotheke niedergelassen

hat, und plötzlich fand ich es so rührend, daß alle denken, ich suche einen Partner, mit dem man vernünftig über Oper und Theater reden könne.

Später sagte Ming am Telefon: „Wie hälst du es bloß aus? Immer so allein?"
„Wieso, der Opa ist doch da!" spielte ich auf den Opa Gerhard an, den ich mir in den Ohrensessel hineingedacht hatte. Ming bekam einen Schrecken, weil ihm schien, ich würde allmählich wunderlich.

Am Abend hatte tatsächlich jemand an mich gedacht, und ich freute mich sehr, daß das rote Lämpchen zwinkerte. Doch der Anrufer war zu schüchtern gewesen, und hatte einfach aufgelegt. Na, immerhin durfte ich mich nun in Vermutungen ergehen. Wahrscheinlich war es der einsame Herr Heike, überlegte ich.
Die Thekla schreibt mir nun schon seit vier Tagen jeden Tag einen Brief. „Statt einer Gute-Nacht-Geschichte!" (Dies schrieb sie gestern schelmisch)
Heut schrieb ich ihr, daß mir Herr Bloser auf meinen Brief nicht geantwortet habe. Ich hatte ihn auf das Rachmaninoff-Prelude angesprochen, dessen einleitende Takte auf seiner Webseite zu hören sind. „Dies würde ich gerne ganz hören!" hatte ich geschrieben, doch ähnelnd Buz mit der Bachschen Chaconne, beherrscht Herr Bloser nur die ersten vier Zeilen des Werks, und drum zog er es vor, zu schweigen. Er duckte sich brieflich vor mir, indem er nicht schrieb. Wenn ich etwas Kränkendes geschrie-

ben hätte, so hätte er mir womöglich sofort geantwortet?

Onkel Hambum hatte uns auf den Anrufbeantworter gesprochen: „Hallo, du blöder Anrufbeantworter!" sagte er enttäuscht und legte auf.

Dienstag, 27. Januar

Unauffällig grau

Ohne es bemerkt zu haben, stak ich am Morgen in
einem Traumgebilde:

*In meinem Zimmer fand ich mehrere Zettel, die ich schon
beinahe vergessen gehabt hätte. Sehr nett schrieb beispielsweise
ein junger Mann, daß er mich gerne mal in seinem Studenten-
zimmer zu einem „Kaffee danach" einladen würde. Und
diesen jungen Herrn hatte ich schon fast vergessen gehabt. Die
aufgefundenen Zettel lösten eine gewisse Ärmelhochkrempelei
in mir aus.*

*Ich lebte mit Buzen allein. Buz saß am Frühstückstisch,
biss in ein Croissant und griff sich ein Journal, das achtlos auf
der Eckbank lag. Ich hub an, ihm etwas zu erzählen: „Du
weißt ja, daß ich eine Weile lang in Oelsnitz im
Studentenheim gewohnt habe!" begann ich nett...* doch da
schellte der Wecker. Im Traum war es eben so
behaglich gewesen, doch ich beugte mich dem
Weckerschrill; und auch wenn ich Buzen die

Geschichte gerne weiter erzählt hätte, wurde mir nun bewusst, daß ich gar nicht wüsste, wie diese Geschichte weitergegangen wäre. Buz würde vermutlich gar nicht hinhören – es sei denn, es säße noch ein Dritter dabei, denn Buz hört viel lieber durch die Ohren anderer. Dies weiß ich, weil es mir ebenso geht.

Am Vormittag rief Ming an. Auch wenn mir Ming durch die Julia ein wenig entglitten scheint, tröste ich mich damit, daß immer wieder, wie aus dem Nichts heraus, ein warmer Anruf Mings kommt. Und da war er nun. Viel früher als gedacht! Ming hatte ganz viele Vorschläge für musikalische Kostbarkeiten, die wir im Hotel Upsdalsboom aufführen könnten. Hie und da sang auch ich etwas vor: Zum Beispiel, die erste Symphonie von Brahms! Ming wiederum sang ein Werk, das er neulich von einem Jugendorchester dargeboten gehört hat, und ich fand's so künstlerisch vom süßesten Ming, daß er immer weitersang. Ming am Telefon inspirierte mich ungeheuerlich. Er berichtete, daß er sich meine Aufnahme aus Amerika angehört, und sie als sagenhaft künstlerisch empfunden habe. Doch damals im Jahre 1987 spielte ich vor lauter Lampenfieber etwas wackelig, und Onkel Dölein konnte seine Enttäuschung kaum verbergen.

Einmal hoffte ich, bei Ming offene Türen einzurennen, indem ich etwas plapprig meine zweifelhafte Theorie losließ, daß man ein Werk wie die Bruckner Symphonie (Nr. 6, die jetzt bei mir am

Zuge ist), zunächst im Gehirn installieren müsse. „Viele Menschen stellen sich das Musikhören folgendermaßen vor: Man setzt sich auf's Sofa, schließt die Augen, und versucht die Struktur des Werkes zu verfolgen", sagte ich leicht gönnerhaft, doch später dachte ich wiederum, daß *mir* dererlei wohl mal guttäte. Vielleicht ist dies grad der Jammer – daß dies keiner mache, da ein jeder meint, keine Zeit dafür zu haben.

In der Landesbank:

Die Dame, die mich bediente, hieß „Margarethe Teiwes", wie ein Plakettchen an ihrem Pullover verriet.

„Haben Sie etwas mit Armin MEIwes zu tun?" hätte ich fragen können, *„dem Menschenfresser von Rotenburg"?*

Ein großer Bildschirm, auf dem sich die ganzen internationalen Aktienkurse zeigten, verlieh dem Raum direkt etwas Flughafen-Flair, und man vergaß ein wenig, daß man sich in Aurich/Ostfriesland befand.

Nach dem Bankbesuch lief ich durchs bleiche Aurich wieder zurück. Früher war es viel schöner: Lief man an den Schaufenstern entlang, so durfte man immer damit rechnen, gleich an einem Schallplattenladen vorbeizukommen, wo die schönsten Schallplatten der Deutschen Grammophon Gesellschaft auf geschmackvolle Weise das Schaufenster schmückten. Doch dererlei gibt es heutzutage nicht mehr. Alles ist so fad und internetlastig geworden.

Ein paar Verbesserungen gibt es allerdings auch: Die Läden haben nun zum Teil kleine Caféecken und fusionieren mit anderen Geschäften, indem vielleicht dasteht: „Books & more".

Doch dann dauert es sicherlich nicht lange, und es bricht ein unschöner Zwist aus: Wenn beispielsweise der Buchladen mit dem Bioladen fusioniert. Der Buchhändler schlägt vor, den Laden „Books and more" zu nennen, doch der Biomann findet das empörend: „Health, books and more", schlägt er vor, bloß, daß man nicht sagen könnte, was das „more" nun sein soll, und so einigt man sich schließlich auf „books and health" (international). Gesundes für Körper und Geist.

Daheim bastelte ich an einem Schreiben für Herrn Schöffel herum. Man müht sich mit einem Brief ab, der schon gestern hätte loskommen müssen.

Als ich bereits fast das ganze Blatt mit seltsamen Dingen vollgeschrieben hatte, die eine normal tickende Frau in meinem Alter wohl nicht mehr schreiben würde, und die auch gar nicht zu dem Hobby-Denker Herrn Schöffel passen wollten, sah ich grad noch rechtzeitig, daß ich als Anrede lediglich „Lieber Schöffel!" geschrieben hatte. Dies war lustig und ärgerlich in einem, dieweil ich den Brief nochmals schreiben musste. Und noch lustiger war, daß ich ihm beim zweiten Aufguss diese Peinlichkeit sogar schrieb!

Oben in meinem Zimmer lagen zwei Fotografien, die den müden und kranken Buz im Schaukelstuhl zeigten. Die Bilder machten mich traurig, und wenn ich die Gedanken unschaft stellte, kam´s mir immer vor, als sei Buz bereits gestorben, und dies wäre bloß mehr eine kleine Erinnerung.

Mittags verließ ich das Haus erneut. Draußen war es sehr kalt.

In der Landschaftsbibliothek machte ich es mir mit zwei dicken Zeitungsordnern gemütlich.

Ich las über die Selbstverbrennung des jungen Studenten Jan Palach auf dem Prager Wenzelsplatz und erfuhr, daß der Tod des blutjungen Studenten im ganzen Land tiefste Bestürzung ausgelöst hat. Die Frauen weinten, und die Radiosender änderten ihr Programm und sendeten nur noch klassische Musik in moll. Ferner las man über „die Fackel Nummer zwei" Jan Zadič, der sich ebenfalls in Brand setzte. Ich war erschüttert!

Abends schaute ich mir eine Auswanderungsdoku an. Eine Familie zog nach Amerika - für immer! Sie zog in eine Kleinstadt nahe Boston, hatte ihr Hab & Gut in einen Container verstaut, und sogar das Tonschild an der Türe abmontiert, damit man es an der Klingel im neuen Haus anbringen konnte. Am Flughafen verabschiedete man sich von den Zurückbleibenden.

„Es zerreißt mit mein Omaherz!" sagte eine weinende alte Dame. Doch die Tränen einer alten Frau sind Menschen in der Mitte des Lebens nicht wirklich wichtig. „Omilein, es gibt doch E-Mails!" sagte die Tochter, die mit einem Bein bereits in ihrem neuen Leben stak, worin die Mutti keinen Platz mehr hatte. Ich fand´s entsetzlich.

In Boston herrschte soeben eine Kältewarnung: Minus 40 C°, als man in das hässliche düstere Haus, das man übers Internet gefunden hatte, zog.

Mittwoch, 28. Januar

Gelegentlich leichtes Geschnei

Meine Schülerin Marianne kam heut vier Minuten zu früh, und zeitgleich begann ein sprudelndes Plauderquell unser Heim zu beleben. Auf dem Tisch türmten sich die angestrickten Briefe, an denen ich immer wieder herumschreibe, um anderen eine Freude zu bereiten, oder auch mal ein kleines Dankeschön zu bekommen. Doch nur selten wird einer fertig und eingeworfen. Die Marianne las mir den Brief an die Frau Renate Bohnke vor, und fand ihn süß!

„Sie werden es nicht glauben, aber damals habe ich Ihren Mann auf 88 Jahre geschätzt!" stand da durchaus gewagt zu lesen.

Wir arbeiteten sehr nett am ersten Satz vom Telemann-Konzert und summasummarum kann man sagen, daß ich mich bei der Marianne in beheiztes pädagogisches Kielwasser begeben habe, auch wenn es mir immer noch nicht vergönnt war, ihr das vollendete Vibrato beizubringen. Ich versuchte es mit Buzens Tricks, indem ich ihr die Wischtechnik beibrachte. Buz in seinem Buch: „Eine Bewegung, die wir alle vom Staubwischen her kennen." (Darüber haben die Studenten dröhnend gelacht, denn wann sieht man Buz wohl schon beim Staubwischen? - und außerdem: Wischt er den Staub einfach hin und her, oder wie?)

Die Marianne war sehr fröhlich, da ihr Herzenswunsch in Erfüllung gegangen war: Eine Geige! Die alte Frau Dreyfuß war's, die ihr einfach eine lieh. Sie sprach zwar von „geliehen", damit sich die Marianne nicht schlecht fühlen solle, doch in Wirklichkeit braucht sie die Geige in diesem Leben nicht mehr. „Mein Souhn spielt nicht mehr!" soll sie gesagt haben.

Ich brühte Tee auf, und dazu gab's ein Eis der Firma „Manhatten": Choco-Peanuts, das leider nur mäßig schmeckte. Ich erzählte von meiner anderen Freundin Thekla, deren Mann ihr nicht in ihre Lebensführung hineinredet. Etwas, von dem die Marianne nur träumen kann, da der Eberhard wiederum äußerst belehrend sei.

Ich sprach von der Sendung „Frauentausch", da ich mir ja sehr gut vorstellen kann, wie die Marianne zehn Tage lang mit der Thekla das Leben tauscht, und schließlich als anderer Mensch nachhause kommt.

Draußen schneite es leicht, aber doch stetig vor sich hin, und die Aura in unserem Heim kühlte ein bißchen aus.

Mittags gab es Tiefkühl-Paella und ich fing an, mich schmerzlich danach zu sehnen, endlich wieder von Rehlein umsorgt und bekocht zu werden.

Manchmal stelle ich mir auch vor, *wie ich zur Armenspeisung gehe: Mitten auf dem Marktplatz befindet sich ein Riesenwok mit Paella. Ein jeder der Hunger hat, bekommt etwas davon ab, und es schmeckt hervorragend.*

Um drei verließ ich das Haus, um einen Brief an das Kirchenamt in Halberstadt einzuwerfen. Unterwegs traf ich jenen mageren Bibliothekar, der durch seine tragische Gestalt das Stadtbild von Aurich seit Jahrzehnten mitprägt, und mich an den verdörrten und altgewordenen Antonin Kühnel erinnert. Später sah ich ihn mit seinen silbernen Hosenschützern gar im Carolinen Buchladen vor den Kochbüchern stehen. Körbeweise waren dort Mängelexemplare geliefert worden, die nun den Stöberern preisgegeben zu Schleuderpreisen angeboten wurden.

Ich besuchte den Bioladen und gönnte mir einen Orangen-Marzipan-Joghurt. Der milde, halbbeglatzte Verkäufer wirkte heut so bleich und müd. Wenn er einen Geldbetrag nennt, so klingt's von seinen Lippen immer so knickrig und kleinlich, wie von einem Schwaben.

Ich radelte zum Combi weiter. Hier könnte man sich beispielsweise in die Sitznische setzen, einen

Kaffee trinken und nette Freunde kennenlernen, schäumte ich frohstimmende Gedanken auf.

Kaum war ich wieder daheim, da klingelte auch schon das Telefon. Die Thekla war´s! Heute wollte sie etwas Fachliches wissen: Über das kleine, oder eingestrichene a, dieweil die vielseitig interessierte Thekla sich beim Harmonielehreunterricht in der Musikschule angemeldet hat, und der heutigen Stunde in freudigem Wissensdurst entgegenfieberte. Man betritt einen Raum und verlässt ihn klüger, als man ihn betreten hat. Ein Magikum. Nur vier Interessierte scharen sich allwöchentlich um die Lehrerin, Frau Heimann. Heute handelte es sich um die vorletzte Stunde, und der Kurs wird wegen der mageren Interessentenanzahl leider nicht weitergeführt. Ich stellte mir die Thekla im Mantel vor, wie sie auf ihre anmutige, interessierte und zugewandte Art gleich in den Schneeflöckchendämmer hinaustritt.

Später kamen zwei Anrufe. Eine Dame pries den Pianisten Gottfried Böttcher an. „Er spielt Clässix und Cross Over!" verriet sie, und dann rief noch jener Herr an, der „Classic meets Kuba" erfunden hat, da die Klassik wegen der mageren Interessentenanzahl fusionieren muß.

Beim üben auf der Violine sah ich, wie der Maulkorbbärtige besorgt aus dem Fenster blickte. In seinem Gesicht stand neben der Frage, wo seine Tochter wohl bliebe, ein banges Vorahnen geschrieben, das auch mir nur allzu vertraut ist. („Sie ist tot! – Im Affekt erwürgt von ihrem eifersüchtigen

Lover") Man reckt sein Haupt aus dem Fenster und versucht den Verschwundenen mit Blicken herbeizusaugen. Ein normaler Mensch würde vielleicht denken oder gar sagen: „Die Stephanie ist er-wachsen!!! Begreif das doch endlich!" Ich aber fühlte mit dem Herrn.

Schön war´s auch zuvor, als er nämlich nach Hause gekommen war. Oben leuchtete nur ganz matt das Licht aus dem Badezimmer heraus, und es fühlt sich irgendwie so beruhigend an, wenn ein Familienoberhaupt heil nach Hause gekommen ist.

Abends dachte wieder jemand an uns: Rehleins erste Liebe aus der Schulzeit - Jochen Zieger.

„Ich habe mir fest vorgenommen, anzurufen, und das tue ich hiermit!" sagte er etwas förmlich in der Wortwahl, und doch nur, um seine Rührung zu verbergen. Er erzählte, daß sich seine Frau heut nach der Schule einfach ins Bett gelegt habe. Sie las und las und las, und als der Jochen mir erklären wollte, was sie da las, hörte man, wie sie ihn mit ihrer häßlichen, harten Stimme von der Ferne immer einfach desavouiert hat. Was er auch macht und sagt - ihr ist schon lange nichts mehr recht an ihm.

Den Abend vertrieb ich mir auf Seniorenart vor dem Bildschirm. Ich schaute Stern-TV über eine sogenannte Pätschwörkfamilie, wo sich eine Frau gar mit der Exfrau ihres Mannes befreundete. Die Exfrau war zunächst, wie fast alle verlassenen Ehefrauen, stinkesauer auf die Neue an seiner Seite, doch dann schrieb selbige ihr einen freundlichen Brief, und man kam zu dem Schluss, daß man auf *einer* Wellenlänge läge. Kein Wunder, dachte ich, zumal man ja offenbar den gleichen Herrengeschmack hat.

Zum Schluß kam in Pro 7 eine Reportage über zwei Ehepaare, die sich je rasend ein Kind wünschten, und dafür die ungeheuerlichsten Verrenkungen auf sich nahmen. Das eine Ehepaar mit einem netten, an den Onkel Eberhard erinnernden Herrn und seiner quirligen, nicht mehr ganz junge amerikanischen Ehefrau, reiste hierfür sogar extra nach Kapstadt. Sie kombinierten das Befruchtungszeremoniell mit einem wirklich schönen Urlaub.

Donnerstag, 29. Januar

Packschnee. Wechselhaft.
Zuerst Schneetornadi, dann schöner Sonnenschein.
Schließlich milderte er ab,
doch es blieb wunderschön
Abends schneite es weiter

Als der Wecker tönte, hatte ich butterweich und angenehm geschlafen.
Draußen war alles sahnig eingeschneit. Ein Genuss für das Auge. Ich nahm Mings Worte ernst und suchte die Noten hervor, die Ming für unsere

Upsdalsboom-Tournee ins Auge gefasst hatte. Unglaublicherweise fand ich beim Suchvorgang die als verschollen gegolten habenden Noten von Ivos Freund, einem jüngst verstorbenen, sehr interessanten Komponisten. Grad so, als würde jemand in den Garten gehen, und die vermisste Peggy sofort finden, nach der ausgebildete Kräfte seit fast drei Jahren vergebens suchen.

Ich baute die Noten von Tschaikowskis Walz Scherzo vor mir auf, und lernte die erste Seite auswendig.

Und während ich mich noch damit abmühte, ging vor meinem Fenster ein Schneetornado los.

In Sekundenschnelle war das Fenster bereits so zugezuckert, daß ich nichts mehr sah.

Zum Frühstück schaute ich wieder die Hochzeitsdoku. Ich freute mich, daß es in diesem Thema immer wieder fesselnde, berichtenswerte Geschichten gibt. Heute ging´s um einen reifen Herrn, der in Las Vegas ein Aupair-girl heiratete, das ihm die Sinne vernebelt hatte.

Man hatte sich vorgenommen, die Hochzeit im Geheimen abzuhalten, und wollte dieses Geheimnis 70 Tage lang für sich behalten. Die waren nun um, und heute wollten sie es den El- bzw. Schwiegereltern bei einem schönen Abendessen beichten. Leider hörte es an dieser Stelle auf, und wie es weitergeht, erfahre ich erst morgen. Für mich sind diese Geschichten packend, doch säße Buz dabei, so würden sie sich in Onkel Andis Portugalvideo verwandeln, jenem etwa vierstündigen Video, wo Buz so müde wurde, wie nie zuvor, und bislang nie danach.

Durch die Schneemassen, die sich gebildet hatten, war ich gezwungen, in den Klub zu *laufen*, und als ich mich grad startklar zurechtgesattelt hatte, kam der so heiß ersehnte Postbote. Doch niedergeschmettert von der mageren Ausbeute, die ich in seiner Hand gewahrte, könnte es leider sein, daß ich ihn menschlich gar nicht so richtig wahrgenommen habe.

Fassungslos und wie benebelt schaute ich auf die öden Wurfsendungen drauf, die er mir überreicht hatte: Das Gesundheitsblättle von der AOK und irgendetwas Beamtliches von der Künstlersozialkasse.

Durch den Friedhof führt eine wunderschöne Allee, die ich nun durchschritt, obwohl dies ein kleiner Umweg war, auch wenn sich die Seniorin von morgen in mir räkelte, die eigentlich rasch an der Hecke entlang auf dem schnellsten Wege zum Fitnesszentrum strebte. *„Wieso??“ frug die (noch) jugendliche Stimme in mir verständnislos.*

„Weil das besser so ist!“ sagte Oma Ella in mir in Moribundenlogik, "wahrhaftig!“ doch ich selber setzte mich durch und lief auf dem knirrschenden Schnee durch die schöne Allee.

Im Gymnasium nebenan wurde soeben die große Pause abgehalten, die schon bald durch den dumpfen Gongschlag brutal beendet würde.

Den Schülerlärm empfand ich als unerträglich. Er störte die Totenruhe und den Frieden auf dem Friedhof, und man muss sich mal klarmachen, daß diese ganzen ungaren Jugendlichen, die jetzt so hässlich lärmten, noch gar nicht auf der Welt waren, als ich in den späten 70ern das Gymnasium besucht habe. Ich war damals allerdings leis und zart wie eine Fee, und stand in den Pausen inmitten knutschender Pärchen herum, als sei ich unsichtbar.

Der Fitnessklub hatte heut nur bis um zwölf Uhr geöffnet, und ich war der einzige Gast.

Während ich ein bißchen auf dem Laufband herumhurtelte, fühlte ich mich dem armen Herrn am Tresen gegenüber, der sich doch gewiss bereits auf die Mittagspause vorgefreut hat, leicht schuldig. So beendete ich mein Bemühen um die Figur etwas rascher als beabsichtigt, und lief durch das Schnee-suppenwetter, das sich in der Zwischenzeit gebildet hatte, wieder heimwärts. Unterwegs kehrte ich im Asia-Shop ein und kaufte der anmutigen jungen Mutti mit ihrem kleinen Söhnchen Ramen* und Swann-meys** ab - meine absoluten Leibspeisen!

*überwürzte japanische Lockennudeln
**Mit exotischen Gewürzen bestäubte getrocknete Zwergpflaumen – hm, dies schmeckt!

Am Nachmittag schaute ich mir mit großem Interesse eine Reportage über den Zoo von Singapur an.

Die von der Zoobranche haben sich ja wirklich etwas einfallen lassen: Nämlich auch das Wasser zu verglasen, und der Sicht preiszugeben, so daß die armen Tiere praktisch überhaupt kein Privatleben mehr haben. Doch vielleicht stört dies die Tiere nicht, dieweil sie halt sehr natürlich veranlagt sind. Man lernte ganz entzückende Zwergnilpferde kennen, die ein kleines Wasserballett aufführten, und anmutig herumtänzelten.

Am Spätnachmittag rief wieder ein Anpreiser an, der uns eine Blockflötistin (seine Lebensgefährtin) ans Herz legen wollte.

"Sie bläst wie eine Göttin!"

„Das glaube ich Ihnen auf's Wort. Aber spielt sie auch einigermaßen passabel Blockflöte?"

Nein, dies wurde natürlich nicht gesagt, aber gedacht, und ich in meiner Einsamkeit unterhielt mich sehr lange mit diesem Herrn. Wir wärmten uns an und sprachen gar davon, daß man sich vielleicht eines Tages in Potsdam kennenlernen könnte.

„Dort habe ich einen Onkel!", berichtete ich stolz und ging im Schwunge der Unterhaltung gar ins Detail: „Meinen Onkel Hartmut!"

Als ich ihn nach seiner Gagenvorstellung befrug, druchste der arme Herr unglaublich herum, und sprach schließlich von 2000 €uro, die angeblich so manch einer zahlt.

Draußen begann es zu dämmern, und oben in meinem Zimmer setzte ich die Studien auf der Violine fort.

Plötzlich klingelte es an der Tür.

Ein fremder Herr war´s: „Mich hat´s eben voll hingehauen!" sagte er, dieweil der Bürgersteig nicht geräumt war. Er habe Prellungen, kann kaum noch laufen, und würde sich jetzt beim Arzt ein Attest holen, sagte er noch. Morgen käme er wieder. Ich war wie vor den Kopf geschlagen. Am liebsten hätte ich mir bei dem maulkorbbärtigen Herrn die Schneeschippe ausgeborgt, um augenblicklich loszuschippen, auch wenn es nach wie vor wie aus Kübeln schneite. Stattdessen aber fand ich mich vor der Türe der Möllers wieder, und betätigte zagen Fingers die Schelle. Herr Möller öffnete, und blickte mich auf die fragend milde Art eines Lehrers an. Der Hund bellte so wüst, während sein Herrchen die Schippe holte, und ich wiederum fühlte Muffensausen, was Rehlein wohl sagen würde, und daß eventuell ein riesengroßer finanzieller Aderlass auf mich wartet. Und dann war es auch noch so unerhört mühsam zu schippen, da der Schnee doch bereits festgetreten war. Ich schippte und schippte und schippte. Nach einer Weile hat mir Herr Möller so nett etwas draufgestreut. Leicht belustigt über diese Geschichte sprach er davon, daß man eventuell mit einem Schmerzensgeld von etwa hundert €uro rechnen müsse. Ich stellte mir vor, wie der Herr mich morgen vielleicht dazu nötigt, ein Schuldeingeständnis zu unterschreiben, und wenn ich mich weigere, so würde er Blutrache schwören. In der Nacht würde er kommen und mein schönes rotes Auto zerkratzen.

Da fiel mir unser Hausfreund Herr Berke ein. Ein Herr, den man Tag und Nacht anrufen darf, und der immer für einen da ist.

Wie nicht anders zu erwarten, zeigte sich Herr Berke hoch erfreut über meinen Anruf, und gab engagiert Tips, die ich mir teilweise selber bereits gegeben hatte: Nämlich, nichts zu unterschreiben!

Noch etwas bereitete mir Pein: Das Julialein hatte heute Geburtstag, und meint man, ich hätte mal den Arsch hoch bekommen, um zu gratulieren? Simple Glückwünsche wären mir zu banal, aber ich habe keine Ahnung, was man dem Julchen sonst noch schreiben könnte. Ich stellte mir bereits vor, wie Ming anruft und mich mit leicht tadelndem Unterton darauf hinweist, und wie ich viellcht - so wie Rehlein neulich über Frau Linke - sagen könnte: „Du kannst sie grüßen!"

Dann rief ich aber doch an, und sprach ein paar Glückwünsche auf den Anrufbeantworter.

Vor dem Bettgang erlebte ich dann doch noch eine Freude: Herr Bloser hatte geschrieben. Kurz zwar, jedoch nett, und ich bastelte enthusiasmiert an einem Antwortschreiben herum, wobei ich sogar die Geschichte von dem ausgeglittenen Herrn mit ein-fließen ließ. Doch dann war ich ein bißchen skeptisch, ob ich den wohl abschicken könne?

Schließlich gab ich meinem Herzen einen Stoß, drückte auf den Absendebutton und stieg zu Bett.

Freitag, 30. Januar

Schneesuppe. Zum Teil Sonnenschein

Am Morgen schaute ich gleich bang aus dem Fenster, um zu eruieren, ob wohl geschippt werden müsse? Doch die Straße schwamm in einer Schneesuppe, so daß ich beruhigt mit meinem Tagewerk anheben konnte.

Zum Frühstück schaute ich die Schnullerdoku über ein Pärchen, bei dem die Liebe bereits erkaltet war, obwohl, oder weil die Frau unverhofft schwanger geworden war. („Unverhofft kommt oft!" dachte Ute M. in mir) Er, ein junger Mann unter einer saloppen Mütze, redete somit sehr kühl - ähnelnd dem Friedel, wenn die Doris vielleicht schwanger geworden wäre. Trotzdem zogen sie auf WG-Basis zusammen, und der Kühle half sogar dabei, die Wickelkommode zusammenzubasteln.

Ich hatte ein wenig Lampenfieber vor dem geschädigten Herrn, der heut wiederkehren wollte. Doch andererseits fühlte ich auch die menschliche Wärme um mich herum: Arthur (aus Zermatt) und Rehlein hatten mir je eine Postkarte geschickt. Besonders über jene vom Rehlein war ich sehr froh, weil ja, wie das Lindalein schon richtig bemerkt hat, der Mutterbusen der wertvollste Platz auf Erden ist.

Frau Linke sagte wegen der unsicheren Wetterlage ab, aber der geschädigte Herr hatte sich den Unabwägbarkeiten der Wetterlage tapfer entgegengestemmt und klingelte bald. Ich hatte ganz viel Nettigkeit für ihn gebündelt, und eigentlich verstanden wir uns ganz gut.

Der Herr erzählte, daß ihm seine Versicherung geraten habe, zu klagen, doch dies wolle er nicht, denn das gäbe Kosten ohne Ende. Er als LKW-Fahrer, der wegen dem blauen Fleck an seinem Po bis zum 5. Februar krankgeschrieben wurde, riet, sich privat zu einigen. „150, 200 oder 250 €!" listete er auf kumpelig-lockere Weise auf.

Ich hatte erzählt, daß meine Eltern, die eigentlich hier wohnen, auf Urlaub sind.

„Dann ist das Ganze ja auf ihrem Mist gewachsen!" sagte er auf kumpelig-verbindende Weise, solcherart als seien wir nun zwei Verschworene: Wir einigen uns privat, und drehen der Versicherung eine lange Nase (Friesenlogik pur). „Ich sach mal sou!" sagte er oft. Dann war er wieder weg.

Auf der Fockenbollwerkstraße traf ich die Landschaftsmitarbeiterin Frau von der Nahme mit einer fast exotischen Kopfbedeckung in jenem Sinne, daß es von der Ferne so aussah, als habe sie eine Kobra um den Kopf geschlungen. Wir erörterten das Für und Wider eines Besuchs, ohne konkret zu werden, weil man ja nie weiß, ob man bis dahin überhaupt noch Lust auf den Besuch hat.

In der BILD-Überschrift ging es um das Eheleben von Uschi Glas, das offenbar in die Brüche gegangen ist. Gestern habe die Uschi in der BUNTEN erklärt, daß sie ihren Mann noch immer liebe. Doch den Mann interessiert´s nicht, und er meinte bloß lapidar, er sei froh, wenn dies Kapitel endlich vom Tisch und somit abgehakt sei. „Sie war eine Episode in meinem Leben - mehr nicht!" Nein, so hat er es nicht gesagt, aber in anderen Worten drückte er genau dies aus.

Als ich wieder daheim war, ist der geschädigte Herr bald wiedergekommen. Diesmal hatte er gar eine mit staksiger Schülerschrift verfasste „Verzichtserklärung" dabei, wo einem bereits folgender Passus ins Auge stach: 250€ dankend erhalten!

Dies müsse ich erst mal mit der Versicherung abklären, wimmelte ich ihn vorerst wieder hinweg.

Ich suchte nach einer Haftpflichtversicherung, fand aber keine. Manchmal tat ich gar nichts, weil ich nicht so recht weiter wusste, doch dann rief ich Herrn Berke an. Herr Berke redete so schön! So wie Rehlein zuweilen, indem ihm immer mehr ansprechende Argumente einfielen, die man anbringen könnte.

„Das riecht - nein, das STINKT nach übler Abzocke!" sagte er gar und beleuchtete den Fall damit neu. Ich stellte mir vor, daß es ein raffiniert agierender Achtung-Falle-Typus sein könnte. Jemand, der durch die Straßen läuft, um zu kontrollieren, ob man den Schnee wohl gescheit weggeschippt hat. Dann klingelt er, sagt sein Sprüchlein auf, und die nervösen älteren Damen öffnen emsig ihre Geldschatulle, um diese Schmach so schnell als möglich aus ihrem Leben zu tilgen.

Am Nachmittag besuchte ich das Zentralcafé.

Ich saß am Fenster und studierte das Leben von Uschi Glas, die damals, als sie ihren Mann Bernd kennnenlernte, vom Blitzschlag der Liebe getroffen wurde. Ferner las ich mich über die neue, noch ofenfrische Prinzessin schlau, die unlängst vom Storch gebracht wurde, und eines Tages den Thron von Norwegen besteigen soll. Ich fand den Schreibstil in den Journalen so quälend banal. „...lässt Herzen höher schlagen!" liest man beispielsweise. Zum fremdschämen, dachte ich.

Wieder daheim telefonierte ich mit dem süßesten Ming, dem ich zuerst von Herrn Blosers Brief berichtete. Später erzählte ich von dem Abzocker, und Ming - leider viel zu weit entfernt - fand verbindend entrüstete Worte.

Ich stellte mir vor, wie ich zu dem Herrn sage: „Dann klagen Sie halt in Gottes Namen!" Doch er hat ja eigentlich gar keine Beweise - und ob der Attest des Arztes - daß er oberhalb der Powurz einen blauen Fleck hat - wirklich als Beweis gewertet wird?

Einmal tönte das Telefon auf, und ich freute mich, da Bruckners Sechste, die derzeit immer läuft, dann noch von anderen Ohren aufgesogen würde. Herr Berke war´s, der sich Gedanken gemacht hatte: Er riet, in Ofenbach anzurufen, und das mit der Versicherung rasch abzuwickeln.

Ich war ein bißchen aufgeregt vor einem Anruf in Ofenbach, *weil Rehlein vielleicht sagt: „Wir <u>haben</u> keine Haftpflichtversicherung. Ich habe den Wolf immer gebeten, eine abzuschließen! Aber du kennst ihn ja: Wenn die Schüler da sind, so vergisst er alles!"*

Rehlein war aber soooo nett, und für mich war das Telefonat praktisch so, als würde man sich nach wenigen Tagen, in deren Verlauf man sich, bedingt durch den Urlaub in Bad Tatzmannsdorf, den Buz und Rehlein sich gegönnt hatten, um das eheliche Glück wieder anzufeudeln, ganz entrupft gefühlt hatte, endlich wieder an den bergenden Mutterbusen schmiegen dürfen. Ein langer Schachtelsatz, wie von Rehlein geschrieben. Ein Satz, der von einem Lektoren nicht gut geheißen würde. Doch nun steht er schon mal da.

Samstag, 31. Januar

Ungemütlich und regnerisch. Doch es wurde wärmer

Am morgen schlief ich so vor mich hin, und erhob mich spät in einen Regentag hinein.

Zu Tagesbeginn riet eine vernunftsbezogene Stimme in mir, heut mal auf den Markt zu gehen, um frisches Obst und Gemüse zu kaufen, denn so wie jetzt darf es doch nicht weitergehen. Ich behandele mich selber wie einen alten Putzlumpen, doch dies liegt daran, daß ich vergessen und vereinsamt bin.

Gleich nach dem Erwachen dachte ich wieder an den blauen Fleck auf dem Po von Lothar Geiken, doch synchron mit dem Fleck verblassen auch meine Gedanken daran. Returkutschelig hält man im Geiste

Dialoge in verdeckter Arroganz. *Ich glaube kaum, daß sie Erfolg damit haben werden!*

Jetzt aber überlegte ich, daß man ganz freundlich zu ihm sein sollte.

Ich dachte an meinen Vetter „Rifflein", von dem ich gar nichts habe, dieweil er in Amerika wohnt, und ich weder eine Adresse noch eine Telefonnummer besitze. Doch heute hat er Geburtstag und wird 26 Jahre alt.

Einmal rief ein „Herr Sund" an, und sprach uns auf den Anrufbeantworter. Der einzige Mensch, der bis jetzt an mich gedacht hatte, aber die Gedanken dieses Einzelnen galten eigentlich Buz.

„Müsste ich Sie kennen?" frug ich etwas hilflos, aber auch nett im Tonfall. Es handelte sich um einen Pianova-Vertreter, der die nächsten Konzerte mit Buz gemeinsam austüfteln möchte. Ich schickte meine Gedanken zum altersschwach gewordenen Buz in Ofenbach, der nurmehr Fingeraufklappübungen macht, liest oder fernsieht, wie Rehlein gestern bekümmert erzählt hat.

„Er telefoniert für sein Leben gern!" sagte ich vertraulich über den süßesten Schatz, und sah es vor meinem geistigen Auge, wie Buz im Flur von Ofenbach telefoniert, und Rehlein hernach begeistert von einer Plauderei berichtet, die einen ein ganzes Stück weitergebracht habe.

Ich hatte ein Päckchen für das Ehepaar Domke vorbereitet, und fuhr im ungemütlichsten Regenwetter, das man sich überhaupt nur vorstellen kann in die Stadt. Zunächst an der Zeitungswand im C-Hof vorbei zur Post.

Die Zeitungwand ist ein fester Halt in meinem Leben. Dort bleibe ich immer eine Weile lang stehen, und studiere beispielsweise die Traueranzeigen. Ein 19-jähriger junger Mann hatte sein Leben ausgehaucht, nachdem er im Oktober Opfer eines Verkehrsunfalls geworden war..

Die Post war gerammelt voll. Von hinten schaute man auf eine Kopftuchmuslimin mit ihren zirka zweijährigen Zwillingen drauf. Die Zwillinge lärmten so durchdringend, wenn sie etwas haben wollten, und da sie grad im Haben-Haben-Alter staken, und es infolge mangelnder Reife einfach nicht einsehen können, wenn sie das Gewünschte nicht *sofort* bekommen, war ein Ende der Lärmereien vorerst nicht abzusehen.

Die Post hat ganz viele neue Postfeen angemietet, die man vorn am Tresen emsig agieren sah. Eine davon litt an starkem Übergewicht, und in sie, eingemauert in ihrer üppigen Masse, dachte ich mich nun hinein, und fühlte mich gegenüber den hübschen und schlanken Kolleginnen so benachteiligt, und vom Schicksal getreten.

Hernach besuchte ich den verregneten Markt. Ohne Konzept kaufte ich einer jungen Dame, die ganz viele zusammengemixte Köstlichkeiten anbot, etwas ab: je 100g Mozarellabällchen und Champignons in einer roten und würzigen Soße. Später saß ich in der Markthalle, trank einen sogenannten Multi-Power-Drink, und entfaltete die Zeitung..

Ich las über den Menschenfresser Armin Meiwes, der für diesen Frevel 8 ½ Jahre aufgebrummt bekam. Der Richter in seinem Urteil folgte weder dem An-noch dem Staatsanwalt, und fällte somit sein ganz eigenes Urteil. Ich stellte mir sogar vor, *wie mir ein Fernsehteam ein Mikro direkt unter die Nase hält und mich frägt, ob mir das Urteil wohl zu milde scheint?*

„Das Urteil scheint mir eher ein wenig zu hoch!" sage ich, denn jener Mensch, den der Armin aufgegessen hat, schien mir so ekelhaft, und sah auch noch so ekelhaft aus: Ein Mensch, der sich selber im Internet zum Fraß anbietet! („Guten Appetit!") Will man mit so jemandem wirklich das Leben auf Erden teilen? Außerdem habe der Armin ihn gar nicht aufgefressen. Er hat nur kurz gekostet, aber es hat ihm nicht geschmeckt. „War wohl keine so gute Idee?!" mag er gedacht haben.

Dann las ich, daß der Weihbischof Stellung zur Frage genommen hat, ob der liebe Gott dem Armin wohl verzeihen könne? Gottes Herz sei groß, und dem Armin kann er schon verzeihen. Allerdings könne er der Gesellschaft nicht verzeihen, die es ermöglicht hat, daß sich im Internet solche Perverslinge suchen und finden, plusterte er sich als lebendiges Sprachrohr Gottes auf. *Und dabei hat sich der Weihbischoff doch selber schon mal im Internet zum Fraß angeboten. Aber das ist man ja schon gewöhnt: Daß man das am meisten verurteilt, was man selber im Verborgenen so treibt.*

Im Georgswall, gegenüber der Brandkasse, begegnete ich unserem wahren Freund Herrn Berke. Er stak in einer todschicken schwarzen Lederjacke, die ausschaute, als habe er sie von Frau Lüvers geschenkt bekommen. Auf ihm, wie auch auf seiner Brille, perlten Regentropfen. Herr Berke war unterwegs, um ein Sträußlein zu kaufen, dieweil er zu einem Geburtstag geladen war, auf den er jedoch gar keine Lust verspürte. Am liebsten hätte ich ihn, der für uns doch ein Fels in der Brandung ist, zu einem kleinen Kaffee in der Bäckerei überredet, um noch ein bißchen besser von seiner Aura zu tanken.

Herr Berke freute sich sehr, zu hören, daß wir in der Brandkasse versichert sind, da man sich bei denen sogar kostenlos einen Versicherungsspezialisten ins Haus holen kann!

Am Nachmittag lief ich aus purer Langeweile durch die triefende Trübnis zum Combi, und genau die gleiche Idee hatte auch die einsame Frau Saathoff, die unter einem pilzförmigen Helm stak, der sie vor Regen und Kälte schützen sollte.

Es könnte natürlich sein, daß Frau Saathoff leicht verbittert mit uns ist, und diese verbitterten Gedanken in ihrer Einsamkeit noch gehegt und gepflegt hat („Kein Gruß zu Weihnachten. Kein gar nichts! Die melden sich auch nur, wenn sie etwas wollen!"), denn irgendwie haftete dem Wiedersehen im Süßigkeiteneck etwas leicht Ernüchterndes an.

Amüsiert lauschte Frau Saathoff den platten Supermarktsgesängen aus dem Lautsprecher.

Ähnelnd mir wußte sie gar nicht so recht, was sie kaufen solle, da sie weder Appetit noch Kochbock verspürte.

Auch heute abend fand ich etwas Trost in Bruckners 6. Symphonie.

Personenverzeichnis:

Ahrends, Herr, engagierter Herr in Ostfriesland (*um 1956)

Alexandra, Privatschülerin *1988

Alfonse, (*1932) Lebensgefährte von der ehem. Haushaltshilfe vom Komponisten Herberger

Andi, (Anderle) Onkel mütterlicherseits in Blankenfelde (*1949)

Annelotte, Flötistin aus Wien (*1967)

Arthur, (*1963) Freund in Ostfriesland

Ayla, (*2003) Töchterlein von Buzens Exe Hilde

Bärbel, (*1938) Tochter unserer Nachbarin, Frau Priwitz

Bea, (Beätchen) (*1943) Tante mütterlicherseits in Kalifornien

Berke, Herr, (*1938) Verehrer Rehleins in Ostfriesland

Bloser, Herr, (*1947) mein Klavierlehrer in Trossingen

Christiane, Hausfrau in Ostfriesland (*um 1967)

Christine K., (*1957) ehem. Studentin Buzens

Cionczyk, Frau, (*1919) Mutter einer Nachbarin in Grebenstein

Derich, Waldemar, Klavierlehrer in Ostfriesland. Geburtsdatum unbekannt

Dölein, (*1936) Onkel mütterlicherseits in Amerika

Feli, (*1996) Töchterlein von meiner Freundin Ute in Rottweil

Frank, (*1956) Erstling von Opas Bruder, Rehleins Lieblingsonkel Otto

Franz, (*1968) Buzens treuester Jünger aus Taiwan

Friedel, (Fiddi) Lieblingsvetter in Bonn (*1962)

Gebhardt, Frau, Mutter von Rehleins Schülern (Geburtsdatum unbekannt)

Gerhard, Opa, (1905 – 1952) frühverstorbener Großvater väterlicherseits
Gerlind, (*1964) Exe Mings
Gitta, (*1955) Tochter von Buzens väterlichem Freund Fritz Sch.
Großmann, Familie in Fischerhude: Vati Achim (*1953), Mutti Inga (*1970), Judith (*1998) und Ludmilla (2003)
Hartmut (Hambum), (*1945) Onkel väterlicherseits in Münster
Heike, Herr, (*1933) vielseitiger, leider verwitweter Herr, Professor, Komponist, Geigenbauer…
Helga, (*1942) Nachbarin von der Oma in Grebenstein
Hilde, (*1964) Exe Buzens
Hinnerk, (*1962) Vetter in Bonn
Ina, (um 1982) bezauberndes junges Fräulein im Hause gegenüber (in Aurich)
Jesse, (*1946) zweiter Mann von der Tante Bea in Amerika
Jörg, (*1964) Dentist und Freund in Aurich
Julia (Julchen), (*1983) Mings neue Liebe
Kamp, Frau, (*1927) Konzertgängerin in Aurich
Kopp, (*1948) Geistlicher im Schwarzwald
Lara, (*1990) Töchterlein einer befreundeten Familie in Lingen
Linke, Hildegard, (*1934) Bratschenschülerin Rehleins, die ich jedoch geerbt habe
Lüvers, Frau, ganz nette Frau in Ostfriesland (*1937)
Marianne, (*1964) Privatschülerin und Freundin in Aurich
Martin, (*1958) mein Großvetter im Harz
Max, Frau, (*1922) Konzertgängerin in Goslar
Menzels, Familie in Grebenstein. Er (*um 1928) Klavierlehrer, sie (deutl. Jünger) Geigerin und trocken bis zum Anschlag!
Meyer, Frau, (*1935) Zugehfrau in Aurich
Mireille, (*1966) liebe Freundin aus Kindertagen in Frankfurt
Möller, Dorothea und Jürgen, Nachbarn in Aurich (* je um 1950)

Monika, (*1961) liebe Freundin in Ostfriesland
Münch, Frau, (*1943) meine Sekretärin
Nemec, Familie in Lingen: Werner (*1923), Helga (*1948) und Lara (*1990)
Omar, (*1977) der Neue an der Seite von Buzens Exe Hilde
Priwitz, Alma und Bärbel, (*1911/1938) Mutter & Tochter nebenean
Rainer, (*1934) Rehleins Bruder in Toronto
Reichmanns, (*1928/1930) altes Ehepaar, das ich in Trossingen beim Spaziergang am See kennengelernt habe
Reimers, Rektoreneheleute in Trossingen (*1941/1942)
Rosa, (*1964) Freundin von meinem Vetter Friedel
Schröders, Vermieter und Nachbarn von der Omi in Grebenstein (*1952)
Seibl, Frau, (*1947) Klavierlehrerin in Ostfriesland
Seybold, Herr, (*um 1945) Rehleins Chef
Simone, (*1975) ehem. Studentin Buzens
Skowronnek, Herr im Verwaltungstrakt der Musikschule. Geburtsjahr unbekannt.
Stephanie, junge Dame im Haus gegenüber (*1973)
Thekla, (*1964) liebe Freundin in Ostfriesland
Ute B., (*1966) liebe Freundin in Rottweil. Ehem. Studentin Buzens
Ute M., (*1963) liebe Freundin in Herrenberg, Baden Würtemberg
Wembo, (*1980) Bratschenschüler Buzens
Wies, Herr und Frau, (*1939/1940) Omis Helferin in Grebenstein
Veronika, (*1945) unsere beste Freundin in Nürnberg
Yossi, (*1947) Spezi Buzens. Bratscher, Hobbymärtyrer und vermeintliches Genie
Yussuf (Yüsslein), Söhnchen von Buzens Exe Hilde
Zieger, Jochen, (*1938) Rehleins erste Liebe